Uwe Goeritz

Liebe
in stürmischen
Zeiten

Bibliografische Information der Deutschen Nationalbibliothek:

Die Deutsche Nationalbibliothek verzeichnet diese Publikation in der Deutschen Nationalbibliografie; detaillierte bibliografische Daten sind im Internet über http://dnb.dnb.de abrufbar.

© 2020 Uwe Goeritz

Coverbilder: von Vlad Vasnetsov, Alexas Fotos und
                Enrique Meseguer auf Pixabay

Covergestaltung: Uwe Goeritz

Herstellung und Verlag: BoD – Books on Demand, Norderstedt

ISBN: 978-3-7519-1929-6

Inhaltsverzeichnis

Liebe in stürmischen Zeiten

ie Großeltern brechen nur zögerlich ihr Schweigen und dabei wäre es doch so wichtig, über eine dunkle Zeit des Krieges und der Gewalt zu berichten, denn Millionen Tote klagen ihre Mörder an. Raub, Flucht, Vertreibung und systematische Vergewaltigung der Frauen, begangen von allen beteiligten Kriegsparteien in diesem Zweiten Weltkrieg, müssen für die Nachwelt berichtet werden, damit sich so etwas nie wieder ereignen kann, damit die Tränen der Mütter, Frauen und Mädchen nicht umsonst vergossen worden sind.

Lore, die Heldin dieser Geschichte, lebt in dieser Zeit und muss täglich mit den Widrigkeiten des Lebens zurechtkommen. Während und nach dem Zweiten Weltkrieg stellt sich die junge Mutter täglich die Frage „Was bist du bereit, für dein Kind zu tun?" und jedes Mal lautet ihre Antwort daraufhin „Alles!" Ihr Mann Karl versucht indessen an der Front Mensch zu bleiben, was nicht leicht ist, in diesem unmenschlichen Krieg.

Diese Geschichte schildert das Schicksal eines Mannes und einer Frau in Sachsen, wie es wohl tausende Paare in jener Zeit gegeben hat, auch wenn die Meisten davon diesen Zeitraum nur zu gern vergessen würden.

Die handelnden Figuren sind zu großen Teilen frei erfunden, aber die historischen Bezüge sind durch Dokumente, Geschichten, Augenzeugenberichte, Filme und Überlieferungen belegt.

1. Kapitel

Ziehende Wolken

Das Mädchen lag am Rande des abgeernteten Feldes und schaute in den Himmel hinauf. Mitten auf dem Feld waren Strohbündel zusammen gestellt und sogar bis zu ihr hier herüber roch es nach Stroh. Sie hatte sich eine Grashalm abgerissen, auf dem sie gedankenverloren herumkaute. Ihr Fahrrad lag nicht weit von ihr entfernt am Wegesrand. Vor einer Woche war sie siebzehn geworden und nun waren die letzten Tage ihres Urlaubes angebrochen. Lore war gern hier bei ihrem Onkel auf dem Lande und genoss es so richtig, hier auszuspannen und zu träumen. Das Baden und das durch die Felder laufen, das war einfach nur zu schön für die junge Frau.

In ein paar Tagen würde sie wieder in der stinkenden und staubigen Stadt sein und den Qualm aus der Textilfirma einatmen, die genau gegenüber ihres Wohnhauses stand. Vor ihren Augen bildeten sich aus den schnell dahin ziehenden Wolken kleine Bilder. Hasen, Löwen, Schiffe konnte sie erkennen und spielte dabei mit ihrem Zopf. Hinter sich hörte sie ein Fahrrad quietschend den Weg entlang kommen, drehte sich danach um und sah ihre Cousine Anna, die gerade vom Rad sprang. „Lore, es ist Krieg!", rief das andere Mädchen, welches ein Jahr jünger als sie war.

„Krieg?", fragte Lore und Anna nickte. Sie ließ sich neben Lore auf der Wiese fallen und begann zu erzählen „Polen hat uns angegriffen. Ich habe es gerade im Radio gehört!" „Warum sollte Polen uns angreifen?", fragte Lore, doch Anna zuckte nur mit den Schultern. Die beiden Mädchen schauten sich an und legten sich anschließend nebeneinander hin. Damit war das Thema für die Beiden erst einmal erledigt. Krieg? Was bedeutete das schon?

Keine von beiden wusste es. Lore verschränkte ihre Arme hinter dem Kopf und genoss die Wärme der Sonne, denn Polen war so unendlich weit entfernt!

Am Waldrand tauchte Lores Tante auf. Wie immer in komplett schwarzen Sachen. Die Frau war noch keine 40 Jahre alt, sah aber mit ihren Kleidern wie über sechzig aus. Mit der dunklen Holzkiepe auf dem Rücken hatte sie im Wald Brennholz gesammelt, so wie sie es jeden Tag tat. Die Frau bemerkte die beiden ihr bekannten Fahrräder, die halb auf dem Weg lagen, und suchte die dazugehörigen Kinder, konnte sie aber offensichtlich im hohen Gras nicht finden.

Schließlich rief sie einfach nach Anna und die richtete sich auf. Auch Lore setzte sich hin und sah zum Weg. „Kommt ihr dann zum Essen?", fragte die Frau und die beiden Kinder nickten. Die Tante hatte dreizehn Kinder und war schon wieder schwanger. Deutlich zeichnete sich der runde Bauch unter dem Kleid ab. Watschelnd folgte die Frau dem Weg zum Dorf und Lore blickte ihr hinterher. Dabei dachte das Mädchen an den Spruch, den ihr Onkel immer zu sagen pflegte, wenn er über den Babybauch seiner Frau strich: „Wo fünfzehn satt werden, da werden auch sechzehn satt!"

So viele Geschwister hatte Lore nicht. Ihr ältester Bruder Peter war 19, ihre Schwester Hildegard gerade 18 geworden und ihr Bruder Manfred war als Nesthäkchen erst sieben Jahre alt. Die Wolken begannen nun wie in einer wilden Flucht über die beiden Mädchen hinweg zu sausen. Es wurde immer dunkler um sie herum und Lore erschrak, als sich vom Waldrand aus eine finstere Wand am Himmel zu ihnen herüberschob.

Schnell waren sie auf die Fahrräder gesprungen und losgefahren, doch der warme Sommerregen erwischte die beiden Mädchen mitten auf dem Weg. Binnen Sekunden waren sie bis auf die Haut durchnässt und flüchteten sich unter die ausladenden Zweige eines Baumes, als ob das nun noch geholfen hätte. Der Regen hörte genauso schnell wieder auf, wie er angefangen hatte. Zum vollständig nass werden hatte es aber dennoch gereicht.

Lachend schüttelten sie sich das Wasser aus den Haaren. „Wollen wir heute noch baden?", fragte Anna und zeigte nach unten, wo im Tal die Freiberger Mulde entlang floss. „Wieso? Ich bin doch schon nass!", antwortete Lore mit einem Lachen, dann sprangen sie wieder auf ihre Räder und sausten nach Hause. Der Fahrtwind streifte das Regenwasser von Lores nackten Armen. Erst vor dem Haus überholten sie Annas Mutter, die sich sicherlich irgendwo untergestellt hatte und damit erst so spät, aber trocken, am Gehöft eintraf. Das Essen war damit natürlich auch noch nicht fertig, doch die beiden Mädchen mussten sich ja sowieso erst mal umziehen.

Sich gegenseitig neckend liefen sie in ihre Zimmer. Wenig später saßen alle am Tisch und nach dem Essen radelten sie auch schon wieder los, denn es war ein solch schöner, warmer Tag und das Freibad unten am Fluss lockte viel zu sehr, als dass sie zu Hause geblieben wären.

Wenig später lagen ihre Räder wieder im Gras. Die Badestelle am Fluss war der Treffpunkt der Jugend! Am Ufer begegneten ihnen ein paar Freunde aus Annas Schule und in den letzten beiden Wochen hatte auch Lore hier viele Freundschaften geschlossen. Die Kleider landeten im Gras und einen Augenblick später lagen sie auch schon im Badeanzug auf der mitgebrachten Decke. Während Anna den Jungs im Bad ein paar abschätzende Blicke zuwarf, hatte Lore dafür keinen Gedanken. Jungs waren einfach nur doof!

Anders sah das wohl ihre Schwester, die sich vor ein paar Wochen mit Bernhard verlobt hatte. Lore war mit ihren siebzehn Jahren ganz gut gebaut, und manchmal pfiffen ihr ein paar junge Männer hinterher, aber mit den gleichaltrigen Jungs hatte sie so gar nichts am Hut. Die waren ihrer Meinung nach einfach viel zu blöd, zu unreif und zu kindisch. Immer wieder hatten sie ihnen daher die kalte Schulter gezeigt.

Ein paar von Annas Freunden versuchten allerdings im Moment ihre Meinung zu ändern, aber Lore ließ sich auf nichts ein. Sie ignorierte die plumpen Annäherungsversuche, genoss die warme Sonne und das lauwarme Wasser zur Abkühlung zwischendurch. Irgendwann ließen die Jungs von ihr ab und es entwickelte sich in der Gruppe ein Gespräch zur Radiomeldung des Kriegsbeginns. Einige Jungen wollten sich freiwillig zum Einsatz melden. Für sie war das alles ein großes Abenteuer, doch Lore blieb da lieber skeptisch. Allerdings sagte sie dazu nichts, denn man konnte ja nie wissen, wer da gerade mithörte und sie dann vielleicht anzeigen würde, weil sie jemanden vom Einsatz abraten würde.

Ihre Gedanken gingen zurück zu einem Gespräch mit der Mutter. In der Stadt war ein Nachbar im letzten Monat verhaftet worden, weil er im Wirtshaus über ein paar Soldaten geschimpft hatten. Dabei ging es noch nicht mal um etwas Politisches, sondern nur über eine persönliche Reiberei.

Lore hörte einfach still zu und schaute in die Sonne. Mit den Händen unter dem Kopf und angezogenen Kien, lag sie auf der

Halbinsel im Fluss und schaute zu der kleinen Ausflugsgaststätte hinüber, wo sie sich sonst immer ihr Eis holte. Der Wirt schien heute seinen ganz besonders patriotischen Tag zu haben, denn er hisste gerade die Fahne in seinem Vorgarten, direkt neben dem Eisstand.

Die flatternde Flagge fing ihren Blick ein und lenkte diesen zum Eisschild hinüber! Der Gedanke an das leckere Eis mit Schokoladensoße ließ ihr das Wasser im Mund zusammenlaufen und nun lockte diese kühle Leckerei sie unwillkürlich zum Lokal hinüber. Lore setzte sich auf, kramte ein paar Pfennige aus ihrer Tasche, warf sich das Kleid über den Badeanzug und fragte Anna „Willst du auch ein Eis?" Doch die Freundin war viel zu beschäftigt mit drei Jungs, mit denen sie in ein Gespräch vertieft war.

Da sie keine Antwort von der Freundin bekam, ging Lore schließlich die zweihundert Meter über den Weg am Fluss entlang. Sie hatte sich allerdings keine Schuhe angezogen und die spitzen Steine drückten sich beim Gehen auf dem Weg in ihre Fußsohlen. Endlich hatte sie es geschafft und bekam auch sofort ihr Eis. Damit setzte sie sich auf eine Bank vor der Gaststätte und schaute zu all den Gästen, die dort so saßen. Schleckend blinzelte sie in die Sonne hinauf. Konnte das Leben schöner sein? Sonne und Eis! Einfach herrlich!

Das knatternde Geräusch von einigen Motorrädern klang von der Straße zu ihr herüber und wenig später hielten zwei der Räder mit zwei Männern vor dem Lokal, während die anderen weiter fuhren. Die zwei Männer stiegen ab, kamen an ihr vorbei und sie hörte den einen sagen „Das war jetzt aber ganz schön knapp Karl!" Der andere Mann antwortete ihm „Na ja, Siegfried, das Auto hätte auch bremsen können. Wir hatten schließlich Vorfahrt!" Lore schaute zu den beiden Männern. Die waren sicher doppelt so alt, wie sie selbst und doch zog sie irgendetwas zu den Männern. Vielleicht waren es die Motorräder, die vor ihr standen oder der Umstand, dass es richtige Männer waren und nicht solche Kindsköpfe, wie Annas Freunde.

Als die Männer das Lokal betraten, erhob sich Lore von ihrem Platz und trat an eine der Maschinen heran. Chrom blitzte in der Sonne. Einmal umrundete sie das Motorrad. Zu gern wäre sie damit auch mal mitgefahren, sie traute sich aber nicht, danach zu fragen, denn die beiden Männer würden sich sicherlich nicht mit einem kleine Mädchen abgeben wollen. Träumend stand sie vor dem Motorrad und merkte dabei nicht, dass sich der Parkplatz in der Sonne ganz schön aufgeheizt hatte. Flirrend stand die Hitze über dem Beton des kleinen Platzes und erst nach einer Weile spürte sie es unter ihren Fußsohlen.

Hüpfend hatte sie kurz darauf den Platz daneben erreicht und stand nun im Gras. Einer der beiden Männer schien sie dafür auszulachen. Schmollend blickte sie zu ihm hinüber, steckte ihm schließlich, wenig damenhaft, die Zunge heraus und wendete sich dann dem Badestrand wieder zu. Schlendernd lief sie, nun im Gras, zur Insel zurück. Das Eis fand seinen Weg in ihren Magen und wenig später lag sie wieder auf ihrer Decke am Ufer, aber Anna war verschwunden.

Es dauerte sicher noch eine halbe Stunde, bis die Freundin wieder auftauchte, vermutlich war sie im Wald austreten gewesen, und kurz danach kam auch einer ihrer Freunde aus derselben Richtung. Knatternd fuhren die Motorräder wieder fort und Lore sah ihnen wehmütig nach. Nun träumte sie vom Motorrad fahren und dem Wind im Haar.

2. Kapitel

Auf schmaler Spur

Es war Ende Mai des Jahres 1940. Karl drehte am Lenkrad des Lastkraftwagens und folgte der Kurve. Links und rechts des Weges befanden sich goldgelbe Getreidefelder, die eigentlich abgeerntet werden sollten, doch die Männer waren sicher im Krieg. Langsam tuckerte der Sanitätswagen den Feldweg entlang. Sein Freund Siegfried saß neben ihm auf dem Beifahrersitz und hatte noch nicht mal eine Jacke an. Seit mehr als einem Monat waren sie zwar im Krieg, aber bisher hatten sie noch nicht einen Schuss gehört. Wenn sie schon mal einen französischen oder britischen Soldat sahen, dann mit erhobene Händen auf dem Weg nach hinten, in die Gefangenschaft. Vor ihnen walzten die schweren Panzer Typ IV auf dem Weg entlang, aber höchstens der erste von ihnen schoss von Zeit zu Zeit mal auf irgendwas. Meist auf einen französischen Panzer, welcher aus Mangel an Sprit einfach stehen geblieben war.

Das meiste erledigten die Flieger, die immer wieder über ihren Köpfen kreisten und weit vorn Bomben auf die Dörfer warfen, an denen die Panzer danach ungestört vorüberfuhren. Karl war Unteroffizier und Sanitäter. Mit Siegfried, dem Sanitätsgefreiten, der im Unterheld neben ihm im Sitz lümmelte, verband ihn einen Freundschaft von mehr als zwanzig Jahre und sie verstanden sich fast blind. Früher hatten sie oft Motorradausflüge gemacht und nun wartete seine Maschine zu Hause in der Garage, dass er bald wieder zurück sein würde.

Das Ganze war fast wie ein Ausflug für die zwei Männer, denn so lange nichts passierte, waren sie hier eigentlich völlig nutzlos. Manchmal mussten sie einem der Gefangenen einen Verband anlegen, dann hielt sie einer der Begleitsoldaten mit einem Handzeichen an und sie kümmerten sich schnell um den Mann.

Den eigenen Leuten mussten sie höchstens mal was gegen Durchfall geben, das war es dann aber auch schon. Alles lief so ganz ohne Gegenwehr ab. Wieder hielt einer der Soldaten vor ihnen die Hand hoch. Karl bremste und fragte durch das offene Fenster, was los war. Ein Gefreiter zeigte auf einen am Boden sitzenden Soldaten. Karl stieg aus und zog die Verbandstasche hinter sich her. Er sah in die vor Schreck geweiteten Augen eines jungen französischen Soldaten, vermutlich war er noch keine 19 Jahre alt.

Der Junge hatte einen Schuss in die Schulter bekommen und blutete stark. „Siegfried", rief Karl und sein Freund stieg, ohne die Jacke anzuziehen, gemächlich aus dem Wagen aus. Der Freund sprach etwas Französisch und konnte den Jungen damit beruhigen, während Karl ihn verband.

Diese Sprachkenntnisse konnte Siegfried besonders in den kleinen Dörfern an der Marschstraße anwenden. Manchen Abend verschwand er für ein oder zwei Stunden, denn die französischen Männer waren ja teilweise schon ein viertel Jahr eingezogen und so hatte er bei den Frauen mitunter Glück. Nach ein paar Minuten setzten sie ihren Weg fort. Der KrKW, wie der Krankenwagen bei ihnen hieß, nach Norden und der Junge nach Süden.

Immer weiter wälzte sich die Blechkolone durch das fremde Land und schon bald würden sie sicherlich an der Küste stehen. Die Panzer vor ihnen kamen viel besser auf diesem Weg zurecht oder machten diese Trasse für den KrKW nur noch schwieriger, denn wo die Panzerketten den Boden aufgewühlt hatten, da konnten die Räder nicht mehr wirklich gut greifen. Zusätzlich hielt Karl einen möglichst großen Abstand zu den Kettenfahrzeugen, um den Staub nicht einzuatmen, den die schweren Panzer vor ihm aufwirbelten.

Stunden später endete wieder ein Marschtag und diesmal bezogen sie in einer kleinen Stadt ihr Quartier. Das Lazarett hatte in einem Krankenhaus Station gemacht und dort parkte auch Karl den schweren LKW. Mitten auf dem Platz davor, so, dass man das große rote Kreuz auf weißem Grund von überall gut erkennen konnte. Er klappte die Tür am Heck auf und setzte sich auf die Leiter.

Versonnen blickte er in die rote Abenddämmerung. Normalerweise kamen abends immer ein paar Einwohner mit Wehwehchen oder Verletzungen zu ihnen und denen half er, da er ja sonst nichts zu tun hatte. Der Mann lehnte mit dem Rücken an der Tür und es dauerte auch, wie erwartet, gar nicht lange, bis eine junge Frau mit ihrem kleinen Kind im Arm vor der Luke stand. Karl war zwar kein Arzt, aber das meiste konnte er schon selber behandeln.

Diesmal ging es nur um den Husten des Kindes und den konnte er mit einer Flasche Hustensaft schnell erledigen. Er hielt die Flasche der Frau hin, Siegfried übersetzte und Karl sah in dem Strahlen der Augen der Frau, das sie glücklich war mit seiner Hilfe. Sie war recht hübsch und gefiel Karl ganz gut, aber mit Frauen hatte er, im Gegensatz zu seinem Freund, nicht viel Erfahrung.

Seine Gedanken flogen zurück. Immer wenn sie zu Hause eine Tour gemacht hatten, so hatten die Frauen immer ganz sehnsüchtig auf die Motorräder geschaut, aber beim Schauen war es meist geblieben. Er war nun schon über vierzig, aber Erfahrung mit Frauen hatte er fast keine. Oder besser gesagt, gar keine. Sein Blick lag immer noch im Gesicht der jungen Frau. Sie redete mit seinem Freund, zeigte hinter sich, nickte dankbar und verschwand. „Sie hat noch eine Schwester", erklärte Siegfried mit einem Augenzwinkern zu Karl und kletterte in den Wagen hinein. Dort kramte er lautstark in einer Kiste.

Nach einer ganzen Weile kam der Freund mit drei Tafeln Schokolade und einer Flasche Rotwein wieder hervor. „Kommst du mit?", fragte er und erwartete wie immer eine Absage von Karl, doch diesmal wollte er mit. Verwundert verschloss Siegfried den Wagen und sie liefen zu zweit über den Platz zu dem Haus, dass die Frau ihnen gezeigt hatte. Da die Klingel nicht funktionierte, klopfte Siegfried an der Tür. Eine Frau machte auf, die sich vermutlich gerade die Haare gemacht hatte, denn zu perfekt saß die Frisur zu dieser späten Stunde.

Hinter ihr, im halbdunklen Flur, stand die andere Frau, die kurz zuvor an ihrem Wagen gewesen war. Siegfried sagte etwas und schon einen Augenblick später saßen sie in der Stube an einem Tisch. Die Schokolade wechselte den Besitzer und Siegfried öffnete die mitgebrachte Flasche. Edith, so hatte sich die Frau gerade vorgestellt, holte vier Gläser und schaute noch einmal kurz bei ihrem, nun sicher schon schlafenden, Kind vorbei. Offensichtlich hatte der Saft bereits geholfen. Glücklich strahlte die Frau ihn an, als sie den Raum einen Moment später wieder betrat.

Sie stießen mit dem Wein an und bereits nach einem halben Glas verschwanden Siegfried und die Freundin von Edith in ein anderes Zimmer. Nicht einmal zwei Minuten später war deutlich zu hören, was die beiden da gerade taten. Nun saßen sich Karl und Edith am Tisch gegenüber. Keiner konnte die Sprache des jeweils anderen, und so konnten sie sich nicht verständigen.

Karl blickte in ihr Gesicht und noch einmal stießen sie an. Der Wein war wirklich gut, doch durch das rhythmische und unüberhörbare Klopfen an der Wand begannen Karls Ohren zu leuchten. Er konnte es spüren und es war ihm peinlich. Edith saß ihm gegenüber und im Lichte der Kerze leuchteten ihre Augen. Da lag so eine Sehnsucht nach Geborgenheit darin und Karl konnte Edith nicht mehr in die Augen sehen, daher senkte er seinen Blick und sah auf das Glas in seiner Hand.

Immer lauter wurde das Geräusch! Sollte er schnell wieder gehen? Aber Karl konnte sich nicht dazu durchringen, zu gehen. Schließlich war es die Frau, welche die Initiative ergriff. Sie erhob sich von ihrem Stuhl und zog Karl einfach am Arm hinter sich her.

Wenig später lagen sie in Unterwäsche in ihrem Bett, doch Karl musste sich wohl so ungeschickt dabei angestellt haben, dass Edith aus dem Lachen fast nicht heraus kam. Dabei flüsterte sie ihm auch noch irgendwas in Französisch in sein Ohr, was er eben nicht verstand.

Endlich hatte er verstanden, was sie von ihm wollte und dann war es auch noch viel zu schnell zu Ende. Wie ein begossener Pudel lief er eine halbe Stunde später neben seinem zufrieden pfeifenden Freund Siegfried wieder zurück zum KrKW.

3. Kapitel

Versteckte Blicke

G erade erst war Lore neunzehn Jahre alt geworden und nun würde sie, so wie es ihre Mutter vorgesehen hatte, in ein Geschäft gehen, um dort ihr Aufwartejahr zu machen. Mit was sie sich dort beschäftigen würde, das war ihr nicht klar, aber ihre Schwester Hildegard hatte das auch schon im letzten Jahr hinter sich gebracht. Zwar war diese in einem anderen Geschäft gewesen, aber die Arbeiten wären sicher gleich. Kinder betreuen, sauber machen und der Hausherrin zur Hand gehen.

Der Weg vom Hause der Eltern bis zu dem Geschäft war auch gar nicht weit. Schon oft war Lore über den Markt gegangen, meist, um mit der Mutter Obst und Gemüse zu kaufen, aber den Laden hatte sie noch nie bemerkt. Vielleicht auch deshalb, weil es dort nicht wirklich etwas für sie gab. Lieber hätte sie in dem Geschäft gearbeitet, in dem Hildegard gewesen war, dort hatte sie die Schwester auch ein paar Mal besucht, aber irgendwie ging das wohl nicht. Vor dem Haus stand ein schickes schwarzes Auto. Der Hausherr musste ganz schön reich sein, wenn er sich so ein schönes Fahrzeug leisten konnte.

Mit ihrem kleinen Koffer in der Hand klopfte sie an der Tür des Hauses. „Herrenschneiderei" stand in großen Buchstaben über dem Geschäft und in der Auslage, an der sie gerade vorbei gekommen war, hingen Anzüge in sehr guter Qualität. Vielleicht würde sie ja hier auch noch besser nähen lernen. Momentan reichte es noch nicht so weit mit ihrer Kunst. Am liebsten würde sie zwar Kleider nähen können, aber mit irgendwas musste sie ja anfangen.

Die Tür öffnete sich und eine ältere Frau mit grauen Haaren blickte sie fragend an. Lore machte einen Knicks und die Frau sagte „Du bist also die Lore?" Lore bestätigte dies, danach machte die ältere Frau eine einladende Handbewegung und schloss die Tür, nachdem die junge Frau eingetreten war. In den nächsten zwei Stunden zeigte die grauhaarige Frau ihr das ganze Haus.

In einem der Räume, der nach hinten zu lag, saß eine junge Frau an einem Tisch und nähte an einer Anzughose. Diese Frau war etwa fünfundzwanzig Jahre alt und sah müde aus. Die blonden und anscheinend langen Haare hatte sie zu einem Knoten zusammengebunden. Ein Lächeln zog über ihr Gesicht, als sie Lore sah. „Das ist Susanne, unsere Schneiderin", sagte die alte Frau und Lore nickte.

Das Haus war so aufgeteilt, dass sich das Geschäft im Erdgeschoss befand, die Herrschaften im ersten Geschoss wohnten und sie würde dann im Dachgeschoss leben, wo sicher auch Susanne ihr Zimmer haben würde, falls diese nicht täglich von zu Hause auf Arbeit kam. Über eine enge Wendeltreppe ging es schließlich bis ganz nach oben.

Lore betrat einen dunklen Flur und die Dielenbretter knarrten bei jedem Schritt. Auf der einen Seite befand sich die Trockenkammer für die Wäsche und auf der anderen Seite des Ganges waren zwei Türen. Die alte Frau öffnete eine davon und ließ Lore hineinsehen. „Dein Zimmer!", erklärte sie noch, verabschiedete sich mit einem Nicken von der jungen Frau und ließ sie einfach stehen. Anschließen stieg die Herrin langsam die Treppe wieder zu ihren Räumen hinab.

Sie sah ihr einen Moment hinterher und schließlich betrat Lore ihr Zimmer im Dachgeschoss. Dort packte sie ihren Koffer aus und sah sich um. Die Ausstattung war zweckmäßig und überschaubar. Ein Bett, ein Stuhl, ein Schrank und eine Waschkommode mit Schüssel und Krug. Alles recht hübsch eingerichtet. Sogar ein kleines Bild hing an der Wand. Irgendein Feldweg war darauf abgebildet, mit einem Berg dahinter und ein paar Kühen. Lore hängte ihre Sachen in den Schrank, legte Bibel und Rosenkranz neben das Bett und setzte sich auf den Stuhl. Danach überlegte sie, was sie nun machen musste. Die alte Frau hatte ihr schon so einiges erzählt und am nächsten Morgen würde sie mit dem Saubermachen beginnen.

Es klopfte an der Tür und Lore rief „Herein!" Susanne trat in den Raum. „Na, hast du dich schon eingelebt?", fragte sie Lore und diese überlegte, dass sie ja gerade erst ein paar Stunden hier war. Da konnte sie sich ja nicht eingelebt habe, trotzdem nickte sie der anderen Frau freundlich zu. Susanne lächelte sie an und setzte sich neben sie auf das Bett. Einen Moment saßen sie schweigend nebeneinander. Die junge Frau gähnte mehrmals dabei und rieb sich die Augen, die deutlich gerötete waren. Sicherlich war die Näharbeit anstrengend.

„Komm mit runter in die Küche zum Abendessen", sagte Susanne nach einer Weile und stand wieder auf. „Warum hatte sie sich für diesen Augenblick überhaupt gesetzt?", fragte sich Lore in Gedanken und folgte der Frau, die an der Tür stehen geblieben war. Zusammen stiegen sie die Treppe wieder hinab.

In der Küche war emsige Geschäftigkeit. Frieda, die alte Köchin, lief zwischen den Räumen hin und her. Die Tür zwischen Küche und Speisezimmer ging ständig auf zu. Susanne zog Lore zu einer Bank am Kachelofen. Kurz darauf stellte Frieda zwei Teller auf den Küchentisch und die beiden Frauen langten zu. Sie aßen Brot mit Butter und Wurst, die typische sächsische Bemme. Dazu gab es eine dicke Suppe mit Gemüse darin.

Wurst hatte Lore bisher nicht so oft gehabt und nun gab es die schon am ersten Abend, mitten in der Woche! Lore schaute durch die offen stehende Tür und sah die Familie der Hausherrin am Tisch sitzen. Da saß auch ein junger Mann, praktisch genau ihr gegenüber. Er hatte schwarze Haare und war sicher kaum zwei Jahre älter als Lore.

Obwohl sie für Jungs eigentlich nichts übrig hatte, zog dieser junge Mann ihre Aufmerksamkeit auf sich. Für einen Moment konnte Lore den Blick nicht von ihm abwenden. Auch der Mann sah zu ihr und ihre Blicke blieben aneinander hängen, bis die zufallende Tür ihren Augenkontakt trennte. „Wer ist das?", fragte Lore flüsternd Susanne, die gerade in ihre Bemme biss. Susanne schaute auf die Tür, die sich gerade wieder öffnete und flüsterte zurück „Das ist Helmuth, der Sohn des Hausherren." Als sich die Tür später wieder öffnete, da war Helmuth allerdings verschwunden. Nur die Hausherrin, der Hausherr und zwei kleinere Töchter saßen noch am Tisch.

Helmuth hatte vor dem Hausherrn das Essen verlassen! Das hätte sie sich nicht getraut! Der Vater begann und beendete jedes Essen und wenn er aufstand, konnten alle anderen auch aufstehen. Oder mussten, egal ob sie satt waren oder nicht. Ihre Bewunderung für den noch unbekannten Helmuth stieg gerade in unermessliche Höhen.

Anschließend stiegen Susanne und Lore die Treppe langsam wieder hinauf und verabschiedeten sich im Flur voneinander. Danach setzte sich Lore in ihrem Zimmer auf den Stuhl und versuchte zu beten, doch sie dachte immer wieder an den Mann. Gleichzeitig dachte sie dabei auch an Hildegard und daran, dass diese ihr gesagt hatte, dass man nichts mit der Herrschaft anfangen darf. Bei Hildegard war es der Hausherr gewesen, der ihr heimliche Avancen gemacht hatte.

Sie erinnerte sich gut an die Erzählungen der Schwester. Nur mit Mühe hatte Hildegard den alten Mann auf Abstand halten können. Was würde die nächste Zeit für Lore bereithalten? Der erste Tag neigte sich seinem Ende und langsam senkte sich die Dämmerung auf das Haus herab. Lore streifte sich das Kleid über den Kopf, wusch sich in der Schüssel und holte ihr Nachthemd aus dem Schrank. Die Schwester hatte es ihr mitgegeben. Für einen Moment dachte sie an Hildegard, bevor ihre Gedanken wieder zu Helmuth flogen. Sicherlich war der Mann jetzt eine Etage tiefer in seinem Zimmer. Ihr ganz nah!

Schließlich legte sie sich in ihr Bett und schlief nur schwer ein. Lange wälzte sie sich in ihrem Bett hin und her. Das war die erste Nacht in diesem leeren Zimmer. Bisher hatte sie noch nie alleine in einem Zimmer geschlafen, wie sie jetzt feststellte. Selbst als die Schwester ein eigenes Zimmer bekam, hatte Lore immer die Tür zu Hildegard offen gelassen. Und immer wieder kreisten ihre Gedanken um den Sohn des Hausherrn. Was war hier los? Bis zum Vortage waren gleichaltrige Jungs noch blöd gewesen. Und nun?

Irgendwann fielen ihr doch noch die Augen zu, aber auch in ihren Traum schlich sich Helmuth hinein. Als er sie im Traum küssen wollte, da wachte Lore wieder auf und nun drückte die Blase.

Für ein paar Augenblicke versuchte sie wieder einzuschlafen, merkte aber dann, dass dies nicht ging. Sie musste dringend austreten und da sie vergessen hatte, den Nachttopf von unten mit nach oben zu nehmen, wie sie jetzt feststellte, blieb ihr nur übrig, den Weg auf den Hof zu nehmen.

Es war dunkel und ruhig im Hause und es dauerte eine Weile, bis sich ihre Augen an die Finsternis im Treppenhaus gewöhnt hatten, dann zog sie das drückende Gefühl eiligst nach unten. Barfuß lief sie über die hölzerne Treppe hinunter zur Hintertür. Leise schob sie die Tür auf und eilte nach hinten auf den Hof, wo sich die Toilette befand. Die Steine im Hof waren nass und kalt. In ihrem Nachthemd zitterte sie im Nachtwind, dann zog sie die Tür auf, huschte hinein und legte den Riegel vor. Als sie sich setzte, fand sie eine Kerze, die dort neben ihr bereit stand, und eine Schachtel Streichhölzer lag daneben.

Als die Kerze aufflammte, fiel Lores Blick auf die Tür. Durch das kleine Herz in der Klotür konnte sie das Haus sehen und irgendwie sah sie dadurch nur das Fenster von Helmuths Zimmer. Bei ihm brannte noch Licht! Nun träumte sie sich dorthin nach oben. War das Unrecht? Sie wusste es nicht. Den Kopf in beide Hände gestützt saß sie auf der Toilette. Was würde die nächste Zeit bringen? Immer wieder dieselbe Frage.

4. Kapitel

Verhängnisvolle Treffen

Seit zwei Wochen arbeitete Lore nun schon als Dienstmädchen in der Schneiderei. Jeden Tag, außer Sonntag, musste das ganze Geschäft geputzt werden, bevor es für die Kundschaft öffnen konnte. Danach folgte für sie ein schnelles Frühstück auf der Bank in der Küche und anschließend musste der Rest des Hauses geputzt werden. Wäsche waschen, Betten machen, einkaufen, wischen und bohnern waren nun ihre täglichen Arbeiten. Alles, außer der Kinderbetreuung und dem Kochen, das machte beides Frieda. Die Herrschaft war zu dem Zeitpunkt, wenn sie sich durch die Räume arbeitete, schon unten im Laden und somit hatte Lore die oberen Stockwerke des Hauses für sich.

Summend arbeitete sie sich von Raum zu Raum. Nähen hatte sie bisher aber noch nicht lernen können, obwohl sie sich das doch so gewünscht hatte. Träumend huschte sie durch die Gänge. Bisher war es jeden Tag das gleiche gewesen: Susanne musste bis zum Abendessen nähen und Lore fiel nach dem Abendbrot erschöpft in ihr Bett. Somit begegneten sich die beiden Frauen praktisch nur beim Frühstück und beim Abendessen. Selbst wenn sie also am Abend eigentlich Zeit gehabt hätte, so war es ihr dennoch bisher nicht gelungen, auch nur ein paar Worte mit Susanne zu wechseln. Lore war es einfach noch nicht gewöhnt, so schwer zu arbeiten. Zwar hatte sie auch zu Hause der Mutter helfen müssen, doch das hier war anders.

In Gedanken versunken öffnete Lore die nächste Tür und stand in Helmuths Zimmer. Wie jeden Tag begann sie zu kehren und merkte erst dabei, durch die offen stehende Seitentür, dass der Mann nebenan noch in seinem Bett lag. Das schlafende Gesicht fing ihren Blick ein und sie konnte sich für einen Moment nicht von ihm losreißen. Aber sie musste fort, bevor er erwachen würde und sie dabei ertappte, wie sie ihn hier anstarrte. Gegen ihren Willen zwang sie sich dazu, zu gehen. Auf Zehenspitzen schlich sie zurück, verließ mit hochrotem Kopf das Zimmer und setzte im nächsten Raum ihre Arbeit fort.

Nun hatte sie dabei aber das Gesicht von Helmuth im Kopf. Ihre Gedanken kreisten damit unaufhaltsam um den jungen Mann. Damals, nachdem Lore die Arbeiten hier begonnen hatte, da hatte sie schon mal ein paar Tagen an ihn gedacht und war ihm auch ein paar Mal auf der Treppe begegnet, doch so richtig nahe gekommen war sie ihm nie. Jedes Mal hatte Lore immer schnell zur Seite gesehen. Nun war es um sie geschehen!

Helmuth ging ihr nicht mehr aus dem Kopf! Sie hatte sogar seine nackte Brust gesehen! Hoffentlich hatte er sie nicht bemerkt. Zu peinlich wäre ihr das gewesen. Schnell steckte sie die herabgefallene Locke zurück und nahm den Eimer wieder auf. Irgendwie hatte dieser kurze Blick etwas in ihr ausgelöst, was nicht hätte passieren dürfen. Erneut dachte sie an die Warnung ihrer Schwester, aber vielleicht interessierte sich der Mann auch gar nicht für sie.

Lore spürte, wie das Blut ihr in den Kopf stieg. Was war hier los? Mit hochrotem Kopf wischte sie das nächste Zimmer. Sollte sie ihn etwas fragen? Oder mit ihm reden? Bisher hatte sie sich das nicht gewagt und auch der Mann hatte nichts zu ihr gesagt. Vermutlich war sie für ihn noch ein Kind! Aber ihre Gedanken konnten nun nicht mehr bei der Arbeit sein. Immer wieder hatte sie nun dieses Bild vor ihren Augen und es half nichts, an etwas anderes denken zu wollen.

Es blieb ihr nur, ihre Arbeit gewissenhaft zu machen und Helmuth aus dem Weg zu gehen, auch wenn ihr das schwer fiel.

Die Tage gingen dahin und obwohl es ihr Herz immer mehr zu Helmuth zog, versuchte sie dem Mann permanent auszuweichen. Trotzdem merkte sie, dass ihr auffälliges Ausweichen ihm wohl nicht entgangen war. Mit niedergeschlagenen Lidern huschte sie dann an ihm vorbei. Er sagte nichts und sie auch nicht. Tag reihte sich an Nacht und fast jede Nacht träumte sie von dem jungen Mann, der ihr so fern und doch so nah war.

Langsam begann draußen der Herbst und nur selten hatte sie bisher einen freien Tag gehabt. Selbst nach dem Gottesdienst am Sonntag musste sie manchmal noch arbeiten. Irgendwann hatte sie trotzdem die Zeit gefunden, abends noch mit Susanne das Nähen zu üben. Das lenkte sie dann auch so schön von dem Mann ab. Im Zimmer der Freundin saß sie nun oft bis tief in die Nacht. Lachend, sich unterhaltend und nähend.

Eines Abends, als sie aus dem Zimmer der Freundin kam, sah sie eine dunkle Gestalt im Flur stehen. Lore zuckte für einen Augenblick zurück, bevor sie Helmuths Gesicht im Scheine einer Zigarette erkannte. Bisher war der Mann noch nie hier oben im Dachgeschoß gewesen, doch jetzt war er hier. Im Dunkeln lehnte er an der Wand neben der Treppe. Eine Hand lässig in der Hosentasche, mit der anderen die Zigarette haltend. Offensichtlich hatte er das Lachen der beiden Frauen aus dem Zimmer von Susanne gehört. Was machte er hier? Nur rauchen? Oder wollte er etwas anderes?

Wenn Lore in ihr Zimmer gehen wollte, so würde sie an ihm vorbei gehen müssen. Im Finsteren so nah! Sie spürte, wie ihr das

Blut wieder in den Kopf stieg. All die Träume der letzten Wochen fielen ihr wieder ein und so mancher davon hatte genauso begonnen, wie das, was sich jetzt gerade tat. Für einen Moment zögerte sie noch, dann ging sie zu ihrer Kammer hinüber und fast hätte sie ihn dabei mit dem Arm gestreift. Als sie an ihm vorbeigegangen war, da löste er sich von seiner Position, trat auf sie zu, drehte sie an der Schulter zu sich und küsste sie einfach so.

Mitten in der Bewegung erstarrte Lore. Sollte sie seinen Kuss erwidern? Ausweichen? Doch sie wollte ihn ja! Zu unerfahren war sie, denn bisher hatte sie noch nie einen richtigen Kuss bekommen. Zumindest nicht solch einen! Helmuth verstand es, zu küssen. Seine Lippen auf den ihren waren einfach nur himmlisch. Die Hand schon auf der Klinke, spürte sie das Kribbeln in ihrem Bauch und hörte auch die kleine Stimme in ihrem Kopf, die „Vorsicht!" rief. Doch dieses Gefühl war einfach viel zu schön, als dass sie ihm nicht nachgeben wollte. „Mehr!", schrie das Kribbeln in ihrem Bauch.

Lore löste sich aus diesem unbeschreiblichen Kuss, drückte die Klinke und öffnete die Tür zu ihrer Kammer. Der Mond schien zum Fenster herein und tauchte das Gesicht des Mannes in ein silbernes Licht. Die junge Frau blieb in der offenen Tür stehen, sah den Mann an und offensichtlich deutete Helmuth ihr Zögern als Einladung, denn er kam auf sie zu und schob sie erneut küssend in das Zimmer hinein. Dabei suchten seine Finger schon den obersten Knopf ihrer Bluse, doch sie schob seine Hand zur Seite.

„Das dürfen wir nicht!", entgegnete Lore leise. Helmuth ließ sich davon allerdings nicht aufhalten und eigentlich wollte sie ihn ja auch nicht zurückstoßen. Ging das nicht alles viel zu schnell? Aber hatte sie sich nicht all die Wochen genau danach gesehnt?

Vielleicht war ihre Entgegnung deshalb auch nur halbherzig und Helmuth musste das gespürt haben, denn seine Hände wechselten von der Bluse zum Saum ihres Rockes und dort hatte er mehr Glück. Beim ersten Versuch hatte er den Verschluss gelöst und ihr Rock rutschte über ihre Hüften zu Boden. Die Bluse folgte nur einen Augenblick später.

Im Unterkleid, im Mondlicht stehend, genoss sie seinen Kuss und die streichelnden Hände auf ihrem Hals, auf ihrer Brust, die er durch den Stoff hindurch sanft berührte. Verlangend drückte sie sich ihm entgegen und genoss dieses schöne Gefühl. Der Kopf war schon lange zum Schweigen gebracht worden. Im Kuss vereint schob der Mann sie die paar Schritte zurück, bis zum Bett, wo er sie auch noch aus dem Unterkleid befreite. Mehr halbherzig wehrte sie sich dagegen, diesen letzten Schutz vor der völligen Nacktheit zu verlieren, denn noch nie hatte sie jemand so bloß gesehen.

In all ihren Träumen war er noch nie so weit gegangen. Meist war sie zuvor erwacht. Und nun war es kein Traum mehr, es konnte Wirklichkeit werden. Hier, in diesem Zimmer. In diesem Bett! Die warnende Stimme der Schwester war erneut in ihrem Kopf, wurde aber sofort zum Schweigen gebracht, denn insgeheim hatte sie sich ja die ganze Zeit nach Helmuth gesehnt. Der Mann löste sich aus dem Kuss und trat einen Schritt zurück. Im Mondlicht betrachtete er ihren Körper und sie bedeckte schamhaft ihre Blöße mit beiden Händen.

Nur einen Schritt vor ihr stehend, entledigte auch er sich nun seiner Kleidung. Für einen Moment bewunderte sie seinen muskulösen Körper, dann drückte er sie nach hinten in das Bett. Nun hing ihr Blick an dem, was drohend auf sie zeigte. Helmuth drückte sie zur Seite, wodurch sie nun längs im Bett lag, dann schob er sich über sie. Zwar hatte sie schon mal mit der Mutter und mit Hildegard geredet, was nun passieren würde, doch irgendwie musste sie sich wohl gerade ziemlich ungeschickt anstellen, denn er schnaufte missmutig.

Lore lag unter dem Mann und wusste nicht, was sie tun sollte. Ihr Kopf war vollkommen leer. Alles, was sie jemals gewusst hatte, das war fort. Ausgelöscht. Wie bei einer Puppe begann der Mann sie sich zurechtzulegen, dann zog er ihre Knie zur Seite hoch. Nun spürte sie die heiße Spitze seines Verlangens dort, wo dieses auch bei ihr brannte. Ein kleines Stück tauchte er in ihren Körper ein, packte sie mit beiden Händen an der Hüfte und stieß schließlich ohne Vorwarnung zu. Lore bäumte sich auf, stöhnte und biss sich in die Hand, damit der Schmerz verging. Sie spürte, wie Helmuth sich schnell in ihrem Schoß bewegte. Ohne auf ihr leises jammern Rücksicht zu nehmen, stieß er immer wieder zu. Dann spürte sie sein Pulsieren in ihrem Schoß. Wenig später zog er sich aus ihr zurück und war kurz darauf ohne ein Wort aus ihrem Raum verschwunden.

Sehnsüchtig blickte sie ihm nach und spürte in sich. War es das gewesen, was sie immer haben wollte? So ganz sicher war sie sich darüber nicht. Langsam richtete sie sich in ihrem Bett auf und ihre Finger suchten den Schalter der Nachtischlampe. Im Scheine der kleinen Funzel versuchte Lore das blutige Laken zu säubern und ein paar Tränen liefen dabei über ihre Wangen. War es aus Schmerz oder Scham? Sie wusste es nicht. Alles hatte so schön begonnen und war so schnell vorbei gewesen. Schließlich wusch sie sich in ihrer Schüssel, zog sich das Nachthemd wieder über und legte sich zurück in ihr Bett.

Im Mondlicht versuchte sie sich daran zu erinnern, was da gerade eben passiert war. War es so gewesen, wie in ihren Träumen? Zumindest hatte es im Traum nicht so wehgetan. Sie legte ihre Finger auf ihre Lippen und dachte an diesen Kuss, die Berührungen, das Kribbeln in ihrem Bauch. Gleichzeitig brachte sich aber im selben Moment auch der Schmerz in ihrem Schoß überdeutlich in ihre Erinnerung. Und dieser klang nur langsam ab. Sie presste ihre Hand auf ihre Scham und endlich kam der erlösende Schlaf.

Von diesem Abend an trafen sie sich fast täglich in ihrem Zimmer, aber sie konnte mit niemanden darüber reden, nicht einmal mit Susanne, da Helmuth ihr zu Schweigen geboten hatte. Und sie wollte den geliebten Mann auch nicht vor seinen Eltern bloß stellen. Der Schmerz des ersten Abends war lange gewichen und sie sehnte sich den ganzen Tag über nach seinen zärtlichen Berührungen in der Nacht. Nach seinen fordernden Händen, seinen Küssen! Sie war süchtig nach ihm!

Doch nach Weihnachten ging es ihr jeden Morgen schlecht. Wollte sie zuerst die Übelkeit noch abtun, so setzte sich langsam die Erkenntnis bei ihr durch, dass die nächtlichen Besuche von Helmuth in ihrem Zimmer wohl nicht ohne Folgen geblieben waren. Aber mit wem sollte sie darüber reden? Was sollte sie tun?

Immer weiter zögerte sie es hinaus, und schließlich entschied sie sich, die Freundin, entgegen Helmuths Worten, doch ins Vertrauen zu ziehen. Abends, auf dem Bett der Freundin sitzend, druckste sie eine Weile herum, bevor sie ihr alles erzählen konnte. Mit roten Ohren hatte sie erwartet, dass die Freundin entrüstet über diese Beichte war, doch offensichtlich war Susanne nicht überrascht. Zwar waren die Wände hier oben dünn, aber sie hätte nie

gedacht, dass Susanne ihr heimliches Schnaufen hätte hören können. Noch mehr schämte sie sich nun.

„Du musst zu einer Engelmacherin. Die macht dir das weg",
sagte sie und zeigte mit der Hand auf Lores Bauch. Dann zog
Susanne ein kleines Buch aus ihrem Nachtschrank und suchte darin. Nach einer Weile fand sie die Adresse und gab Lore einen
Zettel. „Wenn du da hin gehst, so klopfe zwei Mal, dann ein Mal
und dann wieder zwei Mal", erklärte sie und machte es auf dem
Nachtisch vor. Lore dachte daran, dass sie nur ein paar Mark ge-
spart hatte und fragte, ob das reichen würde. Susanne schüttelte
den Kopf und gab ihr noch drei Mark dazu, danach nickte sie und
Lore schlich auf ihr Zimmer zurück.

In dieser Nacht konnte sie lange nicht einschlafen, sie dachte
an den Rat der Freundin und überlegte, ob es wohl gut sei, diesem
Ratschlag zu folgen. Zu viele schlimme Dinge hatte sie über diese
Kurpfuscherinnen schon gehört und trotzdem war es wohl das Beste, was sie tun konnte. Oder etwa nicht? Kurz dachte sie auch darüber nach, das Kind zu behalten, aber als unverheiratete Frau? Mit
Tränen in den Augen realisierte sie, dass dies niemals gehen konnte. Dabei dachte Lore daran, was ihr die Mutter mal über ehrbare
Frauen gesagt hatte. Im Moment war sie selbst keine mehr. Wenn
diese Schande ruchbar wurde, so würde sie nie einen Mann finden,
nie eine Familie gründen können! Hin und her wälzend fand sie
keine Ruhe. Schließlich weinte sie sich in den Schlaf.

An ihrem freien Nachmittag, ein paar Tage später, machte sie
sich mit Zettel und Geld auf den Weg. Unsicher waren ihre Schritte. Die vielen Schauergeschichten über die Engelmacherinnen
sausten die ganze Zeit durch ihren Kopf und trotzdem blieb ihr
wohl keine andere Wahl! Lore folgte der Straße und bog dann in

eine kleine Gasse ab. Wenig später stand sie, mit dem Zettel in der Hand, vor einem alten Haus. Das Gebäude machte einen wenig vertrauenserweckenden Eindruck und die junge Frau verglich noch einmal, ob die Adresse wohl richtig war. Noch viel mehr machte sich nun der Gedanke an eine Flucht in ihrem Kopf breit, doch die Aussichtlosigkeit der Alternative schob sich erneut nach vorn.

Lore musste schlucken und fragte sich erst jetzt, warum Susanne wohl die Adresse und das Erkennungszeichen kannte. Vielleicht war auch die Freundin schon hier gewesen. Und Susanne würde ihr doch wohl kaum schaden wollen? Oder? Es gab keine Klingel an der Tür und als Lore die Hand auf die Klinke legte, fragte sie sich in Gedanken, wie viele junge Frauen wohl vor ihr hier schon dieses Haus betreten hatten.

Quietschend öffnete sich die alte Haustür und Lore stieg leise die knarrende Treppe hinauf. Viel zu laut kam ihr das Geräusch ihrer eigenen Schritte vor. Zweiter Stock und sie stand vor einer Wohnungstür, an welcher schon die Farbe abblätterte! Noch einmal verglich sie den Namen auf dem Zettel, doch es war die richtige Tür.

Zögerlich klopfte sie, wie es Susanne ihr erklärt hatte, und eine alte Frau öffnete ihr nur einen Augenblick später. Unmerklich war Lore dabei zurückgezuckt, denn so ähnlich wie diese Alte hatte sie sich immer die Hexe aus dem Märchen von „Hänsel und Gretel" vorgestellt. Mit einem Buckel auf dem Rücken und nur noch ganz wenigen Zähnen im Mund schaute die Frau sie an, nickte verstehend und blickte sich im Flur um, ob jemand die Ankunft der jungen Frau bemerkt hatte.

Mit einem schnellen Griff zog sie Lore in die Wohnung hinein und verriegelte hinter ihr sorgfältig die Wohnungstür. Der Flur war genauso elend, wie das ganze Haus. In dieser schäbigen Behausung gab es nur zwei Zimmer und das eine davon war wohl das Schlafzimmer. Die alte Frau zog sie einfach hinter sich her in das andere, welches wohl Küche und Wohnraum gleichzeitig war. Ein dämmriger Raum bot sich Lore dar und erneut stand ihr der Sinn nach Flucht.

Mit ein paar schnellen Griffen hatte die alte Frau zuerst die Gardienen zur Seite gezogen, damit etwas mehr Licht in den Raum flutete, danach hatte sie einen seltsam aussehenden Stuhl zurechtgeschoben und eine löchrige Decke darüber geworfen. Bisher hatte sie weder etwas gefragt noch gesagt, aber es schien ihr wohl klar zu sein, warum eine junge Frau sie aufsuchen sollte. Das Klopfzeichen hatte wohl bereits alles gesagt! Auch das Tageslicht machte den Raum nicht freundlicher.

„Zieh deinen Rock und den Schlüpfer aus! Dann setze dich auf den Stuhl!", sagte sie mit einer brüchigen Stimme und Lore zögerte einen Moment. Sie überlegte noch, ob sie dieser Aufforderung wirklich nachkommen wollte. Hatte sie sich das richtig überlegt? Immer neue Zweifel kamen in ihr hoch. Die Alte hielt die Hand auf und nahm die fünf Mark entgegen. Zufrieden grunzte sie und schob die Münzen in ihre Schürzentasche. Das war für Lore ein kleines Vermögen gewesen! Und zum Teil auch noch Susannes Geld, welches sie ihr zurückzahlen musste. Lores zweifelnder Blick ging immer noch über die schäbige Ausstattung des Zimmers.

Die alte Frau wendete sich von ihr ab, ging zu einem Schrank in der Ecke und begann in einer Schublade zu kramen. Mit einem kleinen Bündel in der Hand wendete sie sich wieder zurück und sah dann, dass Lore immer noch nicht saß. „Na mach schon!", sagte sie nun drängender und Lore ließ den Rock fallen, streifte sich das letzte schützende Stoffstück von den Beinen und setzte sich mit dem nackten Hintern auf diesen seltsam geformten Stuhl. Die alte Frau trat an sie heran, setzte sich auf einen alten Hocker und schob Lores Beine so nach oben, dass sie mit angewinkelten Knien dasaß, die sie jetzt fest zusammenpresste.

Die Füße auf die Lehne gestellt hockte sie auf diesem Möbelstück und sah der alten Frau in die Augen. Die Alte zog an Lores Hüften, wodurch sie nun mit dem Hintern auf der vorderen Kante saß, danach versuchte die Alte Lores Knie auseinander zu drücken, doch die junge Frau wollte dies nicht zulassen. Schließlich sagte die alte Frau „Wenn du deine Knie damals auch zusammen gehalten hättest, dann wärst du jetzt nicht bei mir! Also mach schon! Ich habe nicht ewig Zeit!"

Ängstlich ließ Lore locker und die Engelmacherin schob Lores Beine nun zur Seite über die Lehne. Sorgfältig begann die alte Frau Lores nackten und nun schutzlosen Unterleib zu untersuchen und gründlich abzutasten. Es war ihr peinlich und Lore sah dabei zur Seite. Ihr Blick fiel auf einen kleinen Tisch, der neben ihr stand. Auf diesem breitete die Alte nun ein Tuch aus und nahm das Bündel. Sorgfältig wickelte die alte Frau daraus ein paar Nadeln, Haken und lange Löffel aus, die sie anschließend sorgsam auf dem Tuch bereit legte. Zum Schluss zündete sie eine Kerze darauf an, nahm eine der ungeheuer langen Nadeln und machte diese in der Kerzenflamme heiß.

Lores Augen fixierten jede Bewegung der Hände dieser alten Frau. Die Nadel, die an der Spitze zu glühen begann, sah mit jeder weiteren Sekunde gewaltiger aus. Mit den Fingern der linken Hand zog die Alte nun Lores Schoß auf und Lore hielt die Luft an. Die wollte doch nicht wirklich diese gewaltige Nadel in ihren Leib stoßen? Als die Spitze der Nadel sich Lores Unterkörper näherte, sagte diese „Nein!", rutschte nach hinten, presste wieder ihre Knie zusammen und sprang schnell seitlich vom Stuhl. Nur fort von der Nadelspitze. „Auch gut", entgegnete die alte Frau und setzte hinzu „Aber dein Geld bekommst du nicht zurück!" Lore raffte ihre Sachen auf, zog sich im Flur ohne ein weiteres Wort an, rannte aus der Wohnung und verschwand.

Damit hatte sie eine Entscheidung getroffen und wusste noch nicht, ob das wohl richtig gewesen war. Doch zu einer Engelsmacherin würde sie nie wieder gehen, das schwor sie sich. Niemanden sagte sie nun etwas davon und auch Susanne sagte sie kein Wort. Sie ging einfach weiter ihrer Arbeit nach und verdrängte, was nicht zu verdrängen war. Die morgendliche Übelkeit verschwand und alles normalisierte sich.

Als es dann auf den Frühling zuging, da konnten selbst die weitesten Sachen Lores Zustand nicht mehr verbergen. Ihre Herrin warf sie aus dem Haus. Helmuth hatte sich schon seit Weihnachten nicht mehr für sie interessiert und sie wagte nicht, ihn daraufhin anzusprechen. Mit ihrem Köfferchen lief sie die Straße entlang und da die Stadt nicht so groß war, wusste jeder, dass sie nicht verheiratet war. Trotz dessen, dass sie einen weiten Mantel trug, wusste wohl schon jeder, dass sie schwanger war.

In den Augen der Menschen sah sie, was diese dachten. „Flittchen" und „Schlampe" konnte sie darin lesen und auch in dem Blick der Mutter sah sie es. Sie verkroch sich in der Wohnung in ihrem Zimmer und würde nie wieder dort heraus kommen.

5. Kapitel

Weiße Weihnacht

Wieder ging es auf Weihnachten zu. Mittlerweile war es schon das dritte Kriegsweihnachten. Nachdem Lore ihre Tochter im Herbst zu Hause, mit der Hilfe einer Hebamme, unter unsäglichen Schmerzen geboren hatte, traute sie sich jetzt auch wieder aus dem Hause. Mehr als ein halbes Jahr hatte sie sich dort in ihrem Schneckenhaus zurückgezogen. Jeder Blick von Vater oder Mutter war wie ein Schlag in ihr Gesicht gewesen. Aber sie hatte die Tochter behalten dürfen. Vermutlich nur dem Getratsche der Nachbarn geschuldet, hatten die Eltern ihr das Kind nach ziemlicher Bettelei ihrerseits dann doch gelassen. Dennoch steckte der Schmerz viel zu tief in ihrer Seele drin und trotz dessen, dass sie nun wieder schlank war, sah sie immer noch in den Augen der Frauen auf der Straße, was diese über sie dachten. Und das war nichts Gutes.

Wenn sie doch mal aus dem Hause ging, dann hörte sie das Tuscheln hinter ihrem Rücken und Wortfetzen wie „die tut es mit jedem", oder ähnliches gehässiges, wehten hinter ihr her und deshalb blieb sie auch weiterhin lieber zu Hause oder traf sich erst am Abend mit Susanne zum Nähen in dem kleinen Zimmer über der Herrenschneiderei. Ihre ehemalige Herrin durfte davon aber nichts wissen, deshalb vermutlich die späte Stunde, zu der Susanne sie leise die Treppe hinauf und später wieder hinab führte.

Bei einem dieser Treffen fragte Lore die Freundin, woher sie eigentlich die Adresse der Engelmacherin hatte und Susanne erzählte eine lange Geschichte von sich und einem Freund. Sie war damals erst 17 Jahre alt gewesen, als sie die Frau aufgesucht hatte. Aber bei ihr hatte es Komplikationen gegeben und die Blutung wollte nicht mehr aufhören. Schließlich war sie dann in ein Krankenhaus gegangen, wo man ihr geholfen hatte.

Bei dieser Schilderung sah Lore die Freundin vollkommen entgeistert an. Ihr war so etwas Schlimmes passiert und trotzdem hatte sie ihr diese Pfuscherin empfohlen? Und das auch noch, ohne sie davor zu warnen? Die Freundin musste wohl ihren Blick gesehen haben und deshalb erklärte Susanne schnell, dass es keinen legalen Weg für den Abbruch einer Schwangerschaft gab. Sie selbst hatte sich damals schuldig gemacht und war nur mit viel Glück einer Verhaftung entgangen, weil der Arzt ihr eine Fehlgeburt bescheinigt hatte. Immer verstörter sah Lore die ältere Frau an und schwor sich, ab sofort lieber selbst nachzudenken, anstatt auf den Rat von jemanden anderes zu hören.

Als sie dann an diesem Abend wieder von Susanne aufbrach, da begegnete ihr vor der Haustür auch Helmuth wieder, aber er sah demonstrativ zur anderen Seite. Der Mann musste von dem Kind wissen, doch offensichtlich hatte er seinen Spaß gehabt und wollte nun nichts mehr mit ihr zu tun haben. Ein bisschen ärgerte sie sich nun über sich selbst und darüber, dass sie so dumm gewesen war, sich mit ihm einzulassen.

Und dabei erinnerte sie sich wieder, dass sie nach ihrem Weggang den Mann schon ein paar Mal in der Stadt getroffen hatte und jedes Mal hatte er dabei genauso weggesehen. Aber so nah wie an diesem Abend war sie ihm allerdings dabei noch nicht gekommen, und genau dieses Mal hatte er eine junge, blonde Frau an seiner Seite, die er vielleicht heiraten würde. Jedenfalls küsste er sie genauso, wie er einst Lore geküsst hatte. Und das auch noch in dem Moment, als sie vor ihm stand. Dieses Bild und diese Geste gaben ihr einen Stich ins Herz!

Schnell lief sie in die Dunkelheit und konnte ihre Tränen nicht mehr zurückhalten. Irgendwie fühlte sich Lore benutzt und weggeworfen. Vermutlich hatte er sie nie geliebt, sondern nur mit der unerfahrenen Frau gespielt. Das einzig Gute, das bei dieser Liaison herausgekommen war, das war ihre Tochter, die sie trotz der widrigen Umstände niemals mehr missen mochte. Mit durch Tränen verschleierten Blick eilte sie durch die beginnende Nacht. Zum Glück kannte sie den Weg.

Schließlich erreichte sie die Wohnung und lief die Treppe hinauf. Der vorwurfsvolle Blick der Mutter gab ihr einen neuen Stich in ihr verwundetes Herz. Lore duckte sich unter den Augen hindurch und eilte in ihr Zimmer. Dort nahm sie ihre Tochter wieder entgegen und für diese kleine Geschöpf wollte sie nun gut sogen. Schluchzend drückte sie den Säugling an ihre Brust.

Sie hatte die Tochter Erika genannt, so wie die Großmutter hieß. Vielleicht hatte sie damit die Mutter gnädig stimmen wollen, doch weder sie noch der Vater wollten nun noch irgendetwas mit dieser Schande zu tun haben. Sie beide wurden hier lediglich geduldet. Das wusste Lore ganz genau.

Wenn sie unterwegs war, so kümmerte sich ihre Schwester Hildegard um das Kind, wie sie es auch gerade eben gemacht hatte. Mit einem Nicken hatte die Schwester ihr das Kind übergeben und nun ging sie in ihr Zimmer hinüber. Im nächsten Frühjahr erwartete Hildegard ihr erstes Kind und war darum froh mit der Tochter der Schwester schon etwas üben zu können. Vielleicht ließen die Eltern sie auch nur deshalb mit Erika hier wohnen.

Liebevoll streichelte Lore die Wange der schlafenden Tochter und ließ ihre Gedanken fliegen. Was würde werden? Mit dem

Kind traute sie sich nicht aus der Wohnung. Sie schämte sich zu sehr dafür. Das tat sie nur, wenn auch Hildegard bei ihr war, aber schon bald würde die Schwester mit ihrem Mann nach Dresden ziehen, dann würde es schwer werden für Lore. Und würden die Eltern sie dann noch hier wohnen lassen? Wo sollte sie dann hin? Immer mehr Fragen kreisten durch ihren Kopf und machten sie schwindelig.

Nur langsam kam sie wieder zur Ruhe und überlegte sich, dass sie auch mal wieder etwas für sich tun musste! Noch konnte sie es! Was das nächste Jahr bringen würde, das stand in den Sternen. Sie sang ein kleines Schlaflied, was aber eigentlich unnötig war, denn die Tochter schlief ja schon, aber es beruhigte auch sie. Mit dem Kind im Arm stand sie am Fenster und sah in die dunkle Nacht hinaus. Erneut stieg die Zukunftsangst in ihr hoch. Mit der Tochter hier alleine bei den Eltern? Irgendwie graute es ihr vor dieser Vorstellung.

Die Schwärze der Nacht bohrte sich in ihr Herz. Lore wollte endlich mal wieder etwas machen, was ihr Freude bringen würde. Dabei dachte die junge Frau an das Gespräch mit der Freundin zurück und deshalb beschloss sie, zusammen mit Susanne zum Tanz zu gehen. So kurz vor Weihnachten war das zumindest eine gute Ablenkung und sie kam mal wieder aus ihrem Schneckenhaus. Vorsichtig legte sie das Kind in die Wiege und ging zu ihrem Schrank, denn da hing noch das frisch genähte, schöne Kleid drin. Zwar eher ein Frühlingskleid, aber viel zu schön, um es nicht zu tragen.

Und wer wusste schon, ob sie im Frühling noch dieses Kleid tragen konnte? Mit diesem Gewand vor dem Körper drehte sie sich in ihrem Zimmer und würde damit am nächsten Tag zu Susanne gehen, um in die Nachbarstadt zum Tanz zu fahren. Dort kannte sie keiner und würde damit auch nicht mit Fingern auf sie zeigen. Zumindest hoffte sie das.

ဆ ❤ ෆ

Drei Wochen Urlaub hatte Karl bekommen, bevor die Kompanie nach Osten verlegt werden würde. Mitte Januar sollte es losgehen und er war mit seinem Freund Siegfried nach einer langen Bahnfahrt gerade zu Hause eingetroffen. Die verlassene Wohnung empfing ihn ziemlich unfreundlich. Karl brauchte erst einmal ein paar Stunden, bevor die Eiseskälte aus den Räumen gewichen war und er überhaupt den Mantel ablegen konnte. Als er sich dann endlich in den Sessel setzen wollte, kam sein Freund Siegfried zu ihm.

Der Kamerad wohnte am anderen Ende der Straße noch bei seinen Eltern, während Karl das Haus seiner Eltern geerbt hatte, in welchem er nun den Freund begrüßte. Noch wusste Karl nicht, was er in diesem Urlaub tun sollte. Es war kurz vor Weihnachten und die Aussicht, an die Ostfront gehen zu müssen, sorgte nicht wirklich für bessere Laune bei dem Sanitäter. Die Erzählungen von Russland klangen wirklich schauerlich in seinen Ohren und wenn davon nur die Hälfte zutraf, dann würde das sicher ein Himmelfahrtskommando werden.

Am Tisch sitzend tranken sie den ersten Schnaps aus der mitgebrachten Flasche. Nach dem zweiten Glas sagte Siegfried „In dem Saal ist heute Tanz" und Karl wusste, was sein Freund damit meinte. Vermutlich sollte er ihm wieder sein Schlafzimmer überlassen, denn zu seinen Eltern wollte der Freund sicher nicht mit seinen Eroberungen gehen. Karl nahm den Reserveschlüssel vom Schränkchen und schob ihn dem Freund zu. Nickend steckte Siegfried den Schlüssel in die Hosentasche. In all der Zeit hatten sie gelernt, sich ohne ein zusätzliches Wort zu verstehen.

Karl goss noch einmal die beiden Gläser voll und stieß mit dem Freund an. Seine Gedanken flogen zurück in das warme Frankreich. Seit dem Desaster mit Edith hatte sich Karl von den Frauen fern gehalten, auch wenn sich ihm mehr als einmal die Gelegenheit geboten hatte und Siegfried jede davon genutzt hatte. Der Freund erhob sich und wollte gerade gehen, als Karl sich überlegte, sich ihm anzuschließen, denn im Moment war ihm einfach nur Langweilig.

Fragend zog Siegfried die Augenbrauen hoch, nickte dann aber nur. Ohne ein weiteres Wort beschlossen die beiden Freunde, gemeinsam die zwanzig Schritte bis zum Tanzsaal hinüber zu gehen. Die Gaststätte „Zum Adler" befand sich nur drei Häuser weiter und im Erdgeschoss war neben dem Schankraum ein großer Saal. Schon bei der Heimkehr hatte Karl das bunte Schild mit der Einladung zur Weihnachtsfeier mit Tanz gesehen, aber ohne den Freund wäre er wohl kaum gegangen.

Siegfried schob die Tür auf und gedämpfte Musik aus einem Radio oder Plattenspieler dudelte in den Raum. Karl sah sich in dem Raum um. Alles war weihnachtlich geschmückt und auch einige Frauen saßen schon an ein paar Tischen am Rande des Saales. Durch den Krieg waren die Männer hier stark in der Unterzahl und die, die anwesend waren, trugen fast alle Uniform. Damit stiegen Siegfrieds Chancen auf ein Maß, das kaum noch zu übertreffen war. Groß, blond und kräftig gebaut, war der Freund ein Bild von einem Mann und Karl konnte sich fast hinter ihm verstecken.

Gleich links vom Eingang saßen zwei junge Frauen an einem der Tische und zu diesem zog Siegfried den Freund. Schon wenig später war die erste Flasche Sekt leer und Siegfried winkte den Ober heran, um eine neue zu bestellen. Der Sold wollte schließlich auch ausgegeben werden. Die beiden jungen Frauen hatten sich mit Lore und Susanne vorgestellt und Karl zog Lore zum freien Bereich hinüber, um mit ihr zu tanzen, denn beim Tanzen konnte ja nicht viel passieren.

Dabei war er selbst überrascht, dass er so schnell die Initiative ergriffen hatte. Während Siegfried noch am Tisch mit Susanne trank, hatte er die andere Frau im Arm. Es fühlte sich gut an! Alle Zweifel waren im Moment fern. Jetzt konnte er die Gedanken an den Krieg fallen lassen. Und das Erlebnis in Frankreich wollte er auch vergessen. Hier ging es nur ums Tanzen.

ಠ ❤ ಛ

Der eine Mann kam Lore sonderbar bekannt vor und dann zog er sie auch noch auf das Parkett. Seit mehr als einem Jahr hatte sie schon nicht mehr getanzt. Das fühlte sich alles so schön an und durch das Gefühl der Geborgenheit schmiegte sie sich ganz fest an ihn an. Dabei sah sie ihm weiter in sein Gesicht und überlegte, wo sie ihn schon einmal gesehen hatte. Nach einer Weile fiel es ihr dann endlich ein. Das war Jahre her und Lore war überrascht, dass sie sich noch erinnern konnte, denn es war der Mann, den sie damals im Schwimmbad mit dem Motorrad gesehen hatte, dem sie vor ewigen Zeiten die Zunge heraus gesteckt hatte.

Nach dem nächsten Tanz blieb sie stehen und sah ihn an. „Hast du dein Motorrad noch?", fragte sie schließlich. Der Mann stutze und nickte dann. „Woher weißt du, dass ich ein Motorrad habe?", entgegnete er und Lore erzählte von dem Treffen im Strandbad, ein paar Jahre zuvor. Lachend erzählten sie nun beide davon und diese Vertrautheit wurde nur noch stärker in ihr.

Ihr selbst war das komisch, dass sie sich solch eine kurze Begegnung nach der ganzen Zeit noch gemerkt hatte. Dreieinhalb Jahre war dieses Treffen her und hatte damals sicherlich keine fünf Minuten gedauert. Wie viele Menschen hatte sie in dieser Zeit getroffen, an die sie sich nicht mehr erinnern konnte? Hunderte? Sicherlich! Tanzend erzählten sie weiter. Aus dem Augenwinkel sah sie, dass Susanne und der andere Mann nicht mehr am Tisch saßen. Im Drehen ließ sie ihren Blick über des Saal schweifen, konnte die Freundin aber nirgendwo sehen. Vermutlich waren die beiden zum Rauchen nach draußen auf den Hof gegangen.

Noch ein Tanz. In seinen Armen fühlte sie sich gut aufgehoben. „Kann ich es mal sehen?", fragte sie den Mann. „Was?" „Na dein Motorrad!" Es sollte eigentlich nur ein Ansatz zu einer weiteren Konversation sein, da ihr langsam der Gesprächsstoff ausging, doch im selben Moment zog der Mann sie wortlos hinter sich her. Vom Saal gingen sie auf die Straße und liefen auf der schneebedeckten Straße ein paar Häuser weiter. Dort holte er einen Schlüssel aus der Tasche und öffnete die Haustür.

Wenig später standen sie in einem Schuppen, in dem er ihr mit einer Taschenlampe das Motorrad zeigte. Schließlich half er ihr sogar beim Aufsteigen, was in dem dünnen Kleid nicht ganz so einfach war. Der Sattel war fast gefroren und sie zuckte zusammen, als das kalte Leder ihre nackte Haut berührte. Nach einem Moment war sie auch schon wieder herunter. Der Mann fing an, ausschweifend von seinen Fahrten zu erzählen und Lore begann in dem kalten Schuppen in ihrem dünnen Kleid zu frieren. Als der

Mann dies bemerkte, verschloss er den Schuppen sorgfältig und brachte sie durch den Flur in das Haus.

6. Kapitel

Wie vom Blitz getroffen

Im Flur sah Lore den Mantel ihrer Freundin an einer Garderobe hängen. Den hatte sie gerade eben noch nicht gesehen, als sie ein paar Minuten zuvor an derselben Garderobe vorbei in den Hof gegangen war. Vielleicht hatte sie aber auch nur nicht so genau darauf geachtet? Die Tür eines Zimmers auf der rechten Seite stand einen Spalt weit offen und sie sah einen sich bewegenden Schatten. Oder waren es zwei? Gleichzeitig hörte sie auch noch eindeutige Geräusche und wurde rot bis über beide Ohren.

Frierend schlang sie die Arme um ihre Schultern und zitterte. Hier in diesem Flur war es fast genauso kalt, wie zuvor im Hof. Sollten sie wieder in den Saal gehen? Sie konnte den Mann nicht in die Augen blicken, denn das Stöhnen der Freundin war viel zu laut. Verschämt schaute sie zum Boden. Offensichtlich war es auch dem Mann peinlich, denn Karl zog sie in einen Raum auf der anderen Seite des Flures und schloss schnell die Tür hinter ihr. Das Licht flammte auf und Lore befand sich in einer gemütlich eingerichtet Wohnung, die aus zwei Räumen bestand. Einer Küche, in der sie gerade standen, und einer Wohnstube, deren Tür zu ihrer Rechten offen stand. Immer noch war es ihr peinlich, dass die Freundin so schnell mit dem anderen Mann im Bett verschwunden war. , Nun stand sie mit dem Mann in dessen Wohnung, doch zu Karl hatte sie volles Vertrauen, obwohl er ihr doch fast völlig fremd war und sie hier mit ihm alleine in dieser Wohnung war.

Es war wohlig warm und ein Kachelofen sorgte dafür, dass das sicher auch noch ein paar Stunden so bleiben würde. Karl schob sie in die Stube und ging dann in die Küche zurück. Mit beiden

Händen gegen die wärmenden Kacheln des Ofens gestützt, sah sich Lore in dem Raum um. Langsam kam die Wärme zurück in ihren Körper. Dieses Zimmer gefiel ihr, auch wenn es nicht wirklich aufgeräumt war. Die Hand einer Frau schien hier ganz offensichtlich zu fehlen.

Nach einer Weile löste sich Lore von dem Kachelofen und setzte sich danach auf ein gemütliches Sofa. Kurze Zeit später kam Karl mit einer Flasche Wein und zwei Gläsern zurück und bei dem leckeren Wein begannen sie sich angeregt zu unterhalten. Lores Scheu war vollkommen von ihr abgefallen und das, obwohl sie sich hier in der Wohnung eines fremden Mannes befand. Alleine! Fast konnte sie schon die Frauen „Schlampe" rufen hören, doch im Moment störte sie das überhaupt nicht. Nur einen kurzen Augenblick dachte sie an Susanne, die ja in dem anderen Zimmer war. Was würde diese Nacht bringen? Im Moment nur eine nette Unterhaltung. Sie saßen nebeneinander auf dem Sofa und führten Gespräche, so, als ob sie sich schon ewig kannten.

Die Flasche wurde langsam leer und als Karl eine neue holen ging, da fiel Lores Blick auf die Uhr an der Wand. Erschrocken sprang sie vom Sofa auf „Was? Schon so spät?", rief sie aus. In weniger als einer halben Stunde fuhr der letzte Zug! Der Weg bis zum Bahnhof war ziemlich weit und auf der verschneiten Straße auch nicht wirklich schnell zu gehen. Dabei fiel ihr dann auch noch ein, dass sie ja ihren Mantel im Gasthof hatte hängen lassen und der war schon seit einer Stunde geschlossen. Sie sah an sich herunter. Das Kleid war todschick, aber dünn, da sie keinen dickeren Stoff gefunden hatte. Verzweifelt ließ sie sich wieder auf dem Sofa nieder.

Als der Mann die Stube wieder betrat, da liefen Tränen über ihre Wangen und als er sie nach dem Grund fragte, begann sie von ihrem Kind zu erzählen, und dass sie ja nun erst am nächsten Tag und erst nachdem sie ihren Mantel wieder haben würde, zurück in den Nachbarort reisen konnte. Im Moment konnte sie die Schwester noch nicht mal darüber informieren, dass es später werden würde. Tröstend legte Karl seinen Arm um die gerade mal halb so alte Frau und versuchte sie damit zu beruhigen, dass die Schwester ja trotzdem auf das Kind aufpassen würde. Lore nickte erleichtert und auf einmal fühlte sich die junge Frau unendlich geborgen. Ein warmes Gefühl durchflutete sie, sodass sie sogar ohne Mantel durch den knietiefen Schnee hätte gehen können.

Eine Erkenntnis sauste durch ihren Kopf: Hier gehörte sie hin! Sie dachte, dass sie diesen Platz schon immer hatte finden wollen und nun war sie da. Angekommen! Dabei kannte sie den Mann ja noch gar nicht so lange. Und noch viel wichtiger war: Das hier war anders, als das damals mit Helmuth! Sie legte ihren Kopf an Karls Schulter, das Haarband löste sich und ihre Haare fielen ihr in das Gesicht. Mit einer leichten Bewegung schob sie die Strähnen wieder hinter die Ohren zurück.

„Wenn du möchtest, dann kannst du hier auf dem Sofa schlafen. Ich bringe dich dann morgen heim", bot Karl an und Lore strahlte ihn unendlich dankbar an. An die Unterkunft für die Nacht hatte sie in ihrer Aufregung und Angst gar nicht gedacht und sie war glücklich, dass er ihr diese Entscheidung auch noch abnahm. Der Mann trat an die Stubenanrichte und zog eine Decke aus einem Fach, die er der Frau in die Hand drückte. Sie zuckte regelrecht zusammen, als sich ihre Hände berührten. Wie ein Blitz hatte es bei ihr eingeschlagen und dem Mann schien es nicht anders zu gehen.

Lange standen sie einfach so da und konnten die Blicke nicht mehr voneinander lassen. Mitten im Raum, so, als ob sie zu Säulen erstarrt waren. Schließlich trafen sich ihre Lippen zu einem langen Kuss und beide landeten auf dem Sofa, nachdem sie sich ziemlich stürmisch ihrer Kleidung entledigt hatten. Von wem dazu die Initiative ausging, das wusste keiner der Beiden mehr und es war ihnen auch egal. Nur dieses warme Gefühl zählte jetzt! Dieses Kribbeln im Bauch, dieses einfach nur fallen lassen. Der Stoff der Wolldecke verhüllte ihre Nacktheit.

Haut an Haut lagen sie unter dieser Decke und streichelten sich gegenseitig. Es war eine Vertrautheit, die nicht zu beschreiben war, ein Gefühl, welches keine Worte brauchte. So hatten sie sicher eine Stunde kuschelnd einfach nur dort gelegen, bevor Lore den Mann über sich zog und es einfach passierte. Das war besser als alles, was sie mit Helmuth jemals erlebt hatte. Zärtlich, langsam und gleichzeitig fordernd bewegte sich Karl in ihrem Schoß. Jeder Stoß schob ein unglaubliches Glücksgefühl in ihr an, bis sie beide stöhnend und gleichzeitig zum Höhepunkt kamen. Wenig später lagen sie wieder nebeneinander, streichelten sich noch ein paar Minuten gegenseitig und schliefen danach entspannt und glücklich ein.

ଓ ♥ ଔ

Die Sonne weckte sie am nächsten Morgen wieder auf. Lore angelte sich ihr Kleid und die Unterwäsche vom Fußboden, während sich Karl noch unter der Decke räkelte. Dabei sah er der Frau zu, die sich so anzuziehen versuchte, dass er nicht allzu viel von ihr sah, was natürlich nicht richtig gelang und was eher wie ein komischer Tanz aussah. Versonnen dachte er an diese wilde Nacht zurück. Noch nie hatte er dergleichen erlebt und es war kein Vergleich zu der Nacht mit Edith.

Im Lichte der Sonne bewunderte er Lores Körper, der eine Art von Aura durch den Sonnenstrahl erhielt. Vielleicht hatte es nur mit Lore geklappt, weil sie schon immer füreinander geschaffen waren? Jetzt, so kurz vor dem Abschied hatte er auf diese Frau treffen müssen. Das konnte kein Zufall sein! Diese Frau wollte er nie wieder gehen lassen. Doch was konnte er tun? Dann durchzuckte ihn eine Idee und er sprang so schnell vom von Sofa auf, das sie erschrocken und halb angezogen zurückzuckte. Karl setzte ihr nach, sah in ihre großen, aufgerissenen Augen, fasste ihre Hände und fragte „Willst du meine Frau werden?"

Streichelnd berührte er ihre Wange. Immer noch lag dieser Zauber der Nacht über ihnen und sie sagte sofort „Ja!" Erneut küssten sie sich und ihr Kleid rutsche dabei von ihrer Schulter. Sichtlich verlegen zog sie es wieder hoch und Karl fragte „Möchtest du frühstücken?" Sie nickte und richtete ihr Kleid, danach ging sie nach draußen in den Hof, wo sich die Toilette befand.

Einen Moment schaute Karl ihr hinterher und dachte erneut an die vergangene Nacht zurück. Noch einmal verglich er diese mit dem Abend bei Edith und kam zu dem Schluss, dass es diesmal anders gewesen war, weil die Liebe mit dabei gewesen war.

ෆ ♥ infinity

Als Lore wieder zurück in das Haus wollte, da prallte sie fast mit Susanne zusammen, die ebenfalls auf den Hof musste. Beide strahlten sich an und auf dem kalten Hof, im tiefen Schnee erzählte Lore von Karls Antrag. Beide Frauen freuten sich wie kleine Kinder, fielen sich um den Hals und hüpften im Schnee herum. Nachdem es ihnen draußen allerdings zu kalt geworden war, gingen beide durch die jeweilige Tür.

In der Küche stand ein Topf mit Wasser auf dem Ofen. „Zum Waschen", sagte Karl. Schnell streifte Lore sich das Kleid wieder von den Schultern. Noch wenige Minuten zuvor hatte sie verschämt versucht, sich vor ihm zu verstecken, während sie sich angezogen hatte, nun war das von ihr gefallen.

An der Schüssel stehend wusch sie sich im Unterkleid und nachdem sie sich gewaschen hatte, drückte der Mann Lore eine Tasse mit Kaffee in die Hand. Es war richtiger Kaffee! Nicht der Ersatzstoff, den es sonst überall gab. „Aus Frankreich", erklärte Karl und schob ihr einen Teller mit Wurstbroten hin.

Lore setzte sich auf einen Hocker und genoss ihren Kaffee Schluck für Schluck. Dann verspeiste sie die Brote und schaute glücklich zu Karl hinauf. Susanne trat in die Küche und roch den Kaffee. „Das ist schon wie Weihnachten", sagte sie und probierte den Kaffee, den ihr Karl hinhielt. „Ich habe mein Geschenk schon erhalten", entgegnete Lore ihr glücklich.

7. Kapitel

Hochzeit grau-bunt

Mit einem geborgten Auto war Karl mit Lore und Susanne in den Nachbarort gefahren. Susanne war auf dem Markt ausgestiegen und sie waren zur Wohnung von ihren Eltern weiter gefahren. Noch nie hatte Lore in einem Auto gesessen und nun fuhr sie sogar damit bei ihren Eltern vor. Mit seiner Uniform begleitete Karl sie nach oben und sie hatte das Gefühl, das ihre Eltern irgendwie froh waren, dass ihre Tochter doch noch unter die Haube kam. Das konnte sie an der überschwänglichen Art erkennen, mit welcher der Vater Karl begrüßte. Offensichtlich konnte es dem Mann nicht schnell genug gehen, die Tochter endlich aus dem Haus zu bekommen. Bisher hatte sie das nur vermutet, nun wurde es zur Gewissheit.

In ihrem Zimmer stand Hildegard mit Erika im Arm und Lore lief auf sie zu. Karl folgte ihr, während Lore ihre Tochter an sich drückte. So sehr liebte sie das Kind und noch nie war sie so lange von dem Säugling getrennt gewesen. Während sie in ihrem Zimmer mit dem Kind vor Freude tanzte, trat Karl an sie heran. „Wie heißt sie eigentlich?", fragte er und strich dem kleinen Geschöpf über die Wange. „Erika!" Lore und blickte liebevoll auf ihre Tochter, die gerade ruhig schlief.

Karl nahm den kleinen Koffer von Lore, in den sie schnell ihre Sachen geworfen hatte. Der war ganz leicht und mehr als das bisschen Wäsche besaß sie nicht. Ein letzter Blick, dann ging Lore ohne ein Wort des Abschiedes aus der Wohnung und der Mann trug ihr das Gepäck hinterher. Sie hatten keine halbe Stunde gebraucht und schon saßen sie wieder im Auto. Lore mit dem Kind im Arm nun hinten.

Trotz des Schnees fuhr Karl ziemlich schnell. Der Weg war zwar nicht weit, aber schon am nächsten Tag wollten sie heiraten und da galt es, keine Zeit zu versäumen, denn da war noch einiges zu organisieren! In Gedanken versuchte Lore alles zu sortieren und zu gliedern. Ging das nicht alles viel zu schnell? Am Tage zuvor hatten sie sich noch nicht einmal gekannt und nun würden sie heiraten! Aber ein Zurück gab es nicht mehr. Zu glücklich war sie mit Karl. Im Rückspiegel fanden sich ihre Augen.

Immer wieder lenkte sein Blick sie von ihren Überlegungen ab und damit reichte die Zeit zum Planen natürlich auch nicht aus! Nicht mal eine halbe Stunde hatten sie für den Weg gebraucht. Mit dem Zug wäre sie da sicher mehr als zwei Stunden, inklusive Fußweg zum und vom Bahnhof, unterwegs gewesen. Karl hielt ihr die Wagentür auf und trug auch den Koffer hinter ihr her.

Während Lore ihre Sachen in den Schrank räumte, machte sich Karl auf den Weg zum Rathaus, um alle Formalitäten zu klären. So kurz vor Weihnachten war das gar nicht so einfach alle benötigten Schriftstücke zu organisieren, doch in Anbetracht der bald folgenden Versetzung an die Front ging dann offensichtlich alles ganz zügig vonstatten, denn als Karl wenig später wieder nach Hause kam, da hatte Lore gerade erst mit dem Umräumen in der Stube angefangen. Ein paar Minuten später stand dann auch ein Kinderbett, dass Karl von draußen geholt hatte, neben dem Sofa.

Mit einem Kuss belohnte sie Karl für seine Fürsorge und ging dann in die Küche. Nun merkte sie, dass sie sich hier überhaupt nicht auskannte. Wo waren Töpfe und Vorräte? Sie rief nach Karl und er führte sie durch das Haus. Im Hof befanden sich neben der Toilette auch Waschhaus, Vorratsscheune und Motorradgarage. Im

Obergeschoss wohnten zwei ältere Frauen zur Untermiete, mit denen Lore schnell Freundschaft schloss.

Und wieder dachte Lore daran, dass es noch keine 24 Stunden her war, dass sie Karl wieder getroffen hatten. Immer, wenn sie ihn ansah, dann bekam sie so ein schönes Kribbeln im Bauch. Das war nicht normal! Aber was war schon normal? Sie versank in seinen Augen und Karl fragte sie „Hast du ein Kleid?" Lore öffnete den Schrank und zog ein buntes, dünnes Sommerkleid heraus, welches sie ihm zeigte. Er nickte und strich über den weichen Stoff, den sie selbst zusammen genäht hatte. „Ich muss in Uniform heiraten", sagte er fast entschuldigend, doch das war ihr schon zuvor klar gewesen.

Kriegshochzeiten waren immer in Uniform. Schon oft hatte sie die Paare auf dem Markt bewundert. Aber dafür ging eben auch alles ganz schnell. Denn Aufgebot, Anmeldung und Hochzeit in nur einem Tag, das wäre in Friedenszeiten nicht möglich gewesen.

Das war zwar nicht ganz die Hochzeit, die sie sich als kleines Mädchen früher vorgestellt hatte, so mit weißem Kleid als Prinzessin, doch es war genau der Prinz, den sie schon immer gewollt hatte. Den sie schon immer gesucht hatte. Das wusste sie nun ganz sicher. Jeder Blick in seine Augen sagte ihr dies. Sie hatte die richtige Wahl getroffen, obwohl sie doch gar keine Wahl gehabt hatte.

Die Kleine machte in der Wiege Lärm, weil sie Hunger hatte. Schnell hatte Lore sie hochgenommen und angefangen sie zu stillen. Ganz selbstverständlich tat sie das vor ihm und dachte im selben Moment an den seltsamen Tanz, den sie noch am Morgen vollführt hatte, um ihm nicht zu viel von sich zu zeigen. Offensichtlich dachte Karl gerade dasselbe, denn beide Lachten, während das Kind schmatzend trank.

„Hast du alles erledigt?", fragte sie ihn, um ihn von der Situation abzulenken, den irgendwie war ihr das dann doch peinlich. Dabei warf sie ihm einen verführerischen Blick von unten entgegen. „Alles gut", antwortete er und setzte hinzu „Auch die Adoptionspapiere sind schon vorbereitet!" Sie nickte überrascht und war gleichzeitig glücklich, dass er daran gedacht hatte. Nachdem es sein Bäuerchen gemacht hatte, legte Lore das satte Kind in die Wiege zurück und schloss ihr Kleid wieder. Dann stand sie auf und gab Karl einen Kuss. „Wer kommt denn von dir?", fragte er und erklärte ihr, dass von ihm nur sein Freund Siegfried als Trauzeuge bei der Trauung dabei sein würde.

„Meine Schwester und Susanne", antwortete Lore und auf Karls Blick setzte sie hinzu „Meine Eltern nicht. Frag nicht" und er nickte verstehend. Es war für Lore nicht so einfach gewesen, alleine mit dem Kind dort zu leben und die Verabschiedung der Eltern hatte ihr den letzten Stich gegeben. „Soll ich die beiden morgen abholen?", fragte er, doch sie schüttelte den Kopf. „Hildegard und Susanne kommen mit dem Zug", antwortete sie und streichelte die Wange der Tochter in dem Kinderbett.

Über all die weiteren Vorbereitungsarbeiten ging draußen langsam die Sonne unter und Karl holte noch mal einen Eimer Kohlen von draußen herein. „Für morgen früh", sagte er und stellte den Eimer neben den Kachelofen ab.

Endlich hatten sie wieder Zeit und setzten sich auf das Sofa. „Mein Mantel!", fiel es dabei Lore wieder ein, denn für die Hochzeit in dem dünnen Kleid brauchte sie den Mantel unbedingt. Karl machte sich sofort auf den Weg. Nur ein paar Minuten später kam er wieder und sagte „Hängt nun draußen." Wie selbstverständlich bedanke sie sich mit einem Kuss. Da Erika fest schlief, hatten die beiden Zeit, um auf dem Sofa zu kuscheln und die gegenseitige Nähe zu genießen. Aber immer wieder schweiften Lores Gedanken zum bevorstehenden Tag. Was er wohl bringen würde?

Später gingen sie in das Schlafzimmer, dass sie ja in der Nacht zuvor nicht benutzen konnten und auch Erikas Wiege hatte einen Platz neben dem Bett gefunden. Lore strich dem Kind noch einmal über die Wange, dann huschte sie im Nachthemd unter die Decke zu Karl. So viele Gedanken sausten erneut durch ihren Kopf. Es war reichlich kühl in dem Zimmer, das man nicht heizen konnte, doch das Kuscheln unter der Decke und die Berührungen des Mannes sorgten dafür, dass es ihr dann doch noch warm wurde.

Karl befreite sie von dem Nachthemd und schob sich über sie. Glücklich nahm Lore ihn in sich auf. Einen Moment später liebten sie sich leidenschaftlich in der kleinen Kammer und nun erfüllte ihr Schnaufen den Raum, so wie es am Abend zuvor das von Susanne und Siegfried gewesen war. Zusammen gekuschelt schliefen sie schließlich glücklich ein.

Am nächsten Tag ging alles ganz schnell. Es hatte keine halbe Stunde gedauert, dass sie Mann und Frau wurden. Der Weg zum Rathaus inbegriffen. Die Feier in Karls Wohnung dauerte dann natürlich länger. Zu fünft saßen sie rund um den Tisch. Auch bei der Feier flirtete Siegfried mit Susanne, bevor die beiden Mal kurz verschwanden.

Hildegard schaute den Beiden entgeistert hinterher, beruhigte sich dann aber, denn die Beiden wussten sicher, was sie taten. Später fuhren Susanne und Hildegard mit dem Zug wieder zurück. Lore fiel schließlich geschafft in das Bett. Die Aufregung hatte sie überfordert und Karl versuchte, sich um die kleine Tochter zu kümmern. Dann ging auch er in das Bett, zu seiner gerade einschlafenden Frau.

8. Kapitel

Gemeinsame Freuden

Lore schlug die Augen auf. Für einen Moment wusste sie nicht, wo sie sich befand, dann spürte sie den Ring an ihrer Hand. Sie war zu Hause! Es war noch dunkel in dem Raum, aber sie konnte das Schnarchen des Mannes hören. Neben ihr, in der Wiege, wurde Erika unruhig und so stand Lore auf, nahm das Kind und ging in die Wohnstube hinüber, dort stillte und wiegte sie das Kind. Im Sessel neben dem erkalteten Kachelofen sitzend, dachte die junge Frau über ihr Leben nach. Von einem Tag zum anderen hatte es sich komplett geändert. Noch vor kurzem war sie die „Schlampe" gewesen, mit der sich niemand abgeben wollte und nun war sie Ehefrau eines Frontsoldaten und Mutter. Obwohl sich bei ihr selbst nichts geändert hatte, so fühlte sie sich nun anders. Sicherer und geborgen.

Das Kind war wieder eingeschlafen und die Wanduhr zeigte 4:30 Uhr an. Lore gähnte und schlich wieder zurück in das noch warme Bett. Ein letzter Blick auf das sorgsam zugedeckte Kind, dann drehte sie sich zu ihrem Mann und hörte auf sein Schnarchen. Sie versuchte zu schlafen, doch es gelang ihr nicht mehr, den sie wusste, dass es ja nur noch etwas mehr wie zwei Wochen waren, die sie gemeinsam verbringen konnten, bevor Karl wieder an die Front ziehen musste. „Nicht mal drei Wochen!", stand mahnend vor ihren Augen. Neunzehn Tage und nicht eine Minute davon wollte sie versäumen, aber was sollten sie anfangen?

Ganz eng kuschelte sie sich an Karl und weckte ihn damit auf. Er begrüßte sie mit einem Kuss und sie blieben einfach schweigend und immer wieder küssend liegen, bis es draußen richtig hell wurde. Es mochten sicher mehr als vier Stunden gewesen sein, die sie kuschelnd in dem Bett gelegen hatten. Karl hatte sie in den Arm genommen und ganz fest an sich gedrückt.

Als Erika sich in der Wiege zu bewegen begann, da holte Lore sie einfach mit in das Bett. So hatte sie sich das immer schon vorgestellt. Vater, Mutter und Kind. „Möchtest du heute baden?", fragte Karl sie leise und Lore wunderte sich, denn bisher hatte sie kein Bad im Haus gesehen. Aber auch die Wohnung der Eltern hatte ja kein Bad, deswegen hatte sie es nicht vermisst. Die Frau nickte und Karl stand aus dem Bett auf. In Unterwäsche holte Karl einen Eimer Kohlen aus dem Hof, während sie ihm aus dem warmen Bett folgte, und verschwand hinter einer Tür, die Lore nicht gesehen hatte, da sie hinter einem Vorhang im Flur verborgen war.

In der Zwischenzeit kümmerte sich Lore um das Frühstück für ihre kleine Familie, dass sie in der Küche vorbereitete. Der Kohlenherd machte nicht nur den Kaffee heiß, er heizte gleichzeitig die ganze Küche.

Es dauerte aber bis zum Mittag, bevor der Badeofen das Wasser so weit angeheizt hatte, dass es für ein Bad reichte. „Es ist das Bad des ganzen Hauses", erklärte Karl und führte seine Frau in den wohlig geheizten Raum. Eine Wanne mit warmen Wasser und duftenden Schaumbad wartete darin auf die Frau. So ließ es sich herrlich leben. Schnell hatte Lore ihre Sachen abgelegt und sich in die Wanne hinein gesetzt. „Bringst du mir Erika?", fragte sie. Karl holte das Kind und reichte es ihr.

Von der Tür aus schaute er zu, wie sich Frau und Kind die Wohltat gefallen ließen. Später kam er mit einem Handtuch zurück und half den Beiden aus der Wanne. In der warmen Stube dachte Lore daran, dass sie sich wohl notgedrungen für ein paar Stunden von ihrer Tochter verabschieden musste, wenn sie etwas mit ihrem Mann unternehmen wollte. Überall würde sie mit dem Säugling sicher nicht hingehen können. Daher überlegte sie, wem sie die Tochter wohl anvertrauen konnte und dabei kam ihr Christine in den Sinn. Die alte Frau hatte sie sofort in ihr Herz geschlossen und das beruhte auf Gegenseitigkeit. Mit Erika auf dem Arm stieg sie die Treppe hinauf und klopfte an der Wohnungstür.

Ein Schlurfen hinter der Tür kündigte die Ankunft der Frau an. Die Tür öffnete sich und das Gesicht der alten Frau hellte sich auf. „Kindchen, komm doch rein", sagte sie und ließ Lore eintreten. Die kleine Wohnung war gemütlich eingerichtet und schön warm. Christine hatte eine Bank direkt vor ihrem Kachelofen stehen, auf der sie gerade gestrickt hatte und dorthin setzten sie sich nun zu dritt. Christine erzählte ihr, dass sie selber Kinder und Enkel hatte. Sogar einen Urenkel hatte sie schon, der in Erikas Alter war.

So war es sehr leicht für Lore, die alte Frau dazu zu bewegen, auf ihre Tochter aufzupassen, während sie mit Karl irgendwohin unterwegs sein würde. Noch am selben Nachmittag gingen Karl und Lore Schneeschuh laufen, obwohl laufen für die Frau nicht das richtige Wort war. Hinfallen und Aufstehen wäre wohl eher zutreffend gewesen. Schließlich beschloss Karl, Mutter und Kind im Schlitten hinter sich her durch den Schnee zu ziehen.

Es wurde ein wunderschöner Nachmittag, der damit gekrönt wurde, dass Karl sein Frau in die fast nebenan gelegene Gaststätte führte und dort ein schönes Essen mit ihr einnahm. „So könnte es jeden Tag sein", dachte sich Lore und nippte an dem süßen Wein. Und doch war wieder das große Zeichen des Abschiedes vor ihr. Es rief „Nur noch so wenige Tage!" und ein paar Tränen stiegen in ihren Augen hoch. Doch auf die Frage ihres Mannes schob sie es schnell auf die Kerze, die vor ihr brannte und Karl war klug genug, diese Ausrede zu akzeptieren.

Immer schneller rasten die Tage dahin und schon bald war es nur noch eine Woche. Auch der Mann ihrer Schwester musste demnächst an die Front. Zuvor wollte diese aber noch nach Dresden umziehen, was eigentlich hochschwanger, wie Hildegard jetzt schon war, ein Wahnsinn war, doch sie hatte es nun einmal so geplant und Hildegard hatte noch nie einen Plan verworfen.

So halfen Karl und Lore eine Tag lang beim Umzug und dabei blieb dann Erika über Nacht alleine bei Christine. Aber schon am nächsten Tag konnte es Lore nicht schnell genug gehen, wieder zu Hause zu sein. Wenn es möglich gewesen wäre, so hätte sie das Auto noch geschoben.

Schließlich konnte sie die Tochter endlich wieder in den Arm nehmen. Nicht das dem Kind irgendetwas gefehlt hätte, doch Lore wollte sich nicht so lange und nicht so weit von dem Säugling trennen. Aber schon bald würde es aufhören, dass sie mit ihrem Mann unterwegs sein konnte. Und damit galt es, die letzten Tage zusammen zu genießen. So intensiv, wie nur möglich.

9. Kapitel

Ein schwerer Abschied

ach neunzehn Tagen der Freude folgte nun unausweichlich der Tag des Abschiedes. Fast die ganze letzte Nacht hatten sie, wie immer aneinander gekuschelt, wach gelegen. Wenn Karl gekonnt hätte, so wäre er geblieben, doch das ging nicht. Bereits am Vortag hatte Karl seinen Beutel gepackt und ihn in die Stube gestellt. Unaufhaltsam rannen die Minuten der Zweisamkeit durch ihre Finger. Gerade erst hatte er das Glück seines Lebens gefunden und nun musste er Lore auch schon wieder verlassen. Für wie lange? Immer wieder musste er den Schmerz herunterschlucken, um ihn der Frau nicht zu zeigen. Doch er spürte auch Lores Tränen auf seiner Haut.

Hätte er sie doch nur früher getroffen. So viel Zeit war verschwendet worden. Um sie zu trösten, küsste er ihr die Tränen fort, dabei musste er die eigenen Tränen herunterschlucken. „Ein Mann weint nicht!", hatte ihm der Vater früher immer erzählt. Doch im Moment fühlte sich das falsch an. Nur zu gern hätte er den Schmerz herausgelassen, allerdings wollte er stark sein für Lore. Eng umschlungen streichelte er ihr Gesicht und versuchte die Zeit auszuhalten, doch irgendwann wurde es draußen hell. Der Abschied nahte.

80 ♥ ෆ

Lore schluckte den Kloß in ihrem Hals herunter und versuchte sich mit den täglichen Arbeiten abzulenken. Erika musste gewaschen werden und sie wollte Karl noch ein letztes Mal rasieren. Die letzte Stunde zu dritt für wie lange? Nach dem Frühstück klopfte auch schon Siegfried an der Tür und Lore brachte ihre Tochter schnell nach oben. Zu dritt gingen sie zum Bahnhof, wo auf einem Nebengleis der Zug schon wartete. Siegfried stieg ein und zog an Karls Jacke, doch Lore wollte ihren Mann einfach nicht loslassen. Fast mit Gewalt mussten die Kameraden die Umklammerung der beiden Liebenden auf dem Bahnsteig trennen, damit der Zug pünktlich losfahren konnte.

Fast eine Stunde blieb Lore danach auf dem Bahnhof stehen und die Rauchfahne der Lok hatte sich da schon lange aufgelöst. Weinend schaute sie auf den Berg, hinter dem der Zug verschwunden war. Würde sie ihren Mann jemals wiedersehen? Wie betäubt ging sie nach Hause. Sie spürte weder die Kälte noch irgendetwas anderes. Erst die vor Hunger weinende Tochter riss sie wieder aus ihrer Lethargie. Hier war jemand, der sie brauchte!

     ဆ ♥ ︎ဇ

Auch Karl war es nicht anders ergangen. Ewig hatte er an dem Fenster gestanden, bevor ihn Siegfried in das Abteil zog. Sein Freund versuchte alles, um ihn von den düsteren Gedanken abzubringen, doch Karl sah nur auf das Foto, dass ihm seine Frau auf dem Bahnsteig zugesteckt hatte. Lore und das Kind würden von nun an seine Stütze sein. Endlich hatte er ein Ziel im Leben gefunden und es doch schon wieder fast verloren. Zu den beiden wollte er zurückkommen. Das nahm er sich fest vor.

Tagelang zuckelte der Zug durch das Land. Immer wieder blieben sie stundenlang auf irgendwelchen Gleisen oder an Haltepunkten im Nirgendwo stehen.

Nach fast zwei Wochen konnten sie endlich aus dem Zug aussteigen. Irgendwo mitten im Nichts waren sie gelandet. Eigentlich hätten sie den Soldaten in Stalingrad helfen sollen, so munkelte der Kameradenfunk die ganze Zeit, doch dafür waren sie nun etwas zu spät gewesen. Die russischen Verbände hatten schon angefangen, den Kessel zu zerschlagen und sie standen immer noch ohne Panzer hier herum. Die würden erst mit dem nächsten Zug bei ihnen eintreffen. Momentan war der KrKW das einzige Fahrzeug, das sie in der ganzen Abteilung hatten.

Sie sollten fabrikneue Panzer des Typs „Tiger" erhalten, aber die waren immer noch unterwegs. So waren sie nun beide nutzlos. Die Besatzungen hier ohne Panzer und die Panzer irgendwo ohne Besatzungen auf dem Weg an die Front. Blieb nur das Warten auf den Zug. Aber so konnten sie wenigstens nicht irgendwo als Infanterie verheizt werden, denn die Besatzungen waren ja speziell ausgebildete Soldaten. Nur eben im Moment höchstens mit Pistolen und ein paar Gewehren bewaffnet.

Gegen die Kälte des russischen Winters in der Steppe hatten sich die Soldaten Blockhäuser aus Holz in den Boden gebaut. Zeit dafür hatten sie ja genug. Die Kälte war ziemlich streng und wenn Karl daran dachte, dass die anderen Männer da draußen im Schnee lagen, dann war ihm gar nicht wohl dabei. Jedenfalls herrschte in ihrem Lager die Langeweile, während kaum hundert Kilometer entfernt die Soldaten starben, denen sie eigentlich helfen sollten. Manchmal hörte man entfernten Kanonendonner.

Erst Mitte Februar hatten die Panzer sie erreicht und als sie dann endlich aufgetankt und aufmunitioniert fertig für den Einsatz waren, da konnten sie nur noch den Rückzug der Soldaten decken.

Selbst der überlegenste Panzer war alleine vollkommen nutzlos. Und so ging es wieder zurück.

ഇ ♥ ൽ

Über 2.800 Kilometer weiter westlich schlug sich Lore mehr schlecht als recht durch ihr Leben. Die Rationen waren mittlerweile so klein, dass sie nicht mal für Erika langen würden. Wenn Christine im Herbst nicht so viele Früchte eingekocht hätte, so würden sie jetzt vermutlich schon verhungert sein. Für Lore hatte es auch eine traurige Nachricht gegeben: Ihr Bruder Peter war in Stalingrad vermisst oder gefallen, was sicherlich dort dasselbe war. Nur die Hoffnung klammerte sich noch an der Ungewissheit fest. Hildegards Mann hatte mehr „Glück" gehabt. Mit ein paar Granatsplittern im Bein war er in ein Lazarett gekommen. Das Bein würde steif bleiben, aber er hatte überlebt und würde damit auch nicht mehr an die Front müssen.

Von Zeit zu Zeit bekam Lore Briefe von Karl, aber er durfte nicht viel davon schreiben, wo er war und was er tat. Und deshalb kamen meist nur Beschreibungen der russischen Winterlandschaft. Sie hob jeden Brief sorgfältig auf und legte diese in ein kleines Buch. Auch die Bilder, die er ihr aus der Ferne schickte, landeten darin und fast jeden Abend tropften ihre Tränen auf diese Fotos. Wenn das Kind nicht gewesen wäre, so wäre sie sicher schon vollkommen verzweifelt gewesen, doch die Kleine brauchte sie jeden Tag und da konnte sich Lore keine Schwäche erlauben. Es wäre unfair dem Kind gegenüber gewesen. So hoffte sie, dass es wenigstens endlich wieder Frühling werden würde, denn dann konnten sie in dem kleinen Garten hinter dem Haus etwas Obst und Gemüse anpflanzen.

Endlich war es dann auch so weit und die Arbeit in dem Garten lenkte Lore von ihrem Kummer ab. Während Erika im Garten in einer Kiste lag, gruben die drei Frauen des Hauses den Garten um. Gemeinsam pflanzten sie Möhren, Kohl und Tomaten. Solange Erika noch so klein war, würde Lore auch nicht zur Arbeit eingezogen werden, aber viele andere Frauen aus der Straße mussten in den Fabriken arbeiten, denn die in den Krieg eingezogenen Männer fehlten überall. Nicht nur zu Hause, sondern auch in den Betrieben.

Schließlich zogen sie Regina, die andere Mieterin der Wohnung, in die Gießerei ein. Von nun an arbeitet sie dort von Sonnenaufgang bis Sonnenuntergang und hatte damit keine Zeit mehr, um im Garten zu helfen. Lore und Christine kümmerten sich nun gemeinsam darum. Damit hatte Lore mehr zu tun und weniger Zeit zum Nachdenken. Jeden Abend fiel sie erschöpft in ihr Bett.

Zum Glück war in diesem Frühling herrliches Wetter und so konnten sich die beiden Frauen mit dem Kind auch draußen aufhalten. Im Hof hatten sie sich dazu eine kleine Bank hingestellt, auf der sie an manchen Tagen einfach die Sonne genießen konnten. Wo sie sich austauschen und einfach miteinander Zeit verbringen konnten. Eine solche Frau wie Christine hätte Lore gern als Mutter gehabt, aber mit der eigenen Mutter kam sie immer noch nicht klar. Nach dem Tod des Bruders war die Frau noch komischer Lore gegenüber geworden. Die Freundschaft zu Christine wurde dadurch nur noch enger!

10. Kapitel

Das weite Land

S o langsam ging es auf den Sommer des Jahres 1943 zu. Die Panzerabteilung fuhr immer nur nach Westen, obwohl der Feind doch eigentlich im Osten stand. Die schweren Tiger bildeten praktisch den Schluss der Kolonne und versuchten den Feind hinter sich so lange aufzuhalten, bis die Soldaten vor ihnen einen neuen Verteidigungsstreifen aufgebaut haben würden. Bis jetzt konnte den Tigern keiner irgendwie etwas anhaben. Die einzigen zwei Verluste waren Motorenschäden gewesen, die man hier im Wald nicht reparieren konnte und bei denen sie die Panzer selbst gesprengt hatten. Karl und Siegfried fuhren, sich immer mal wieder abwechselnd, mit dem KrKW an der Spitze der Abteilung mit. So hatten sie ein paar Tiger vor sich und genug Panzer hinter sich. Damit hofften sie, dass nicht noch mehr Einschusslöcher in den Aufbau des Fahrzeugs hinzukamen.

Das große rote Kreuz hielten vermutlich einige für eine Beschussmarkierung, aber ihnen beiden war bisher nichts passiert. Jetzt im Sommer konnte der Opel Blitz 3,6 A mit Allradantrieb die russische Steppe ohne Probleme passieren. Im Frühjahr war er oft im Schlamm stecken geblieben und einer der Tiger hatte sie immer an der Leine gehabt.

Seit Wochen fuhren sie durch eine Gegend, in der schon zwei Mal die Kampfhandlungen hindurch gewalzt waren. Nur selten war noch ein Dorf einigermaßen intakt. Meist waren nur rauchende oder verkohlte Trümmer übrig geblieben. Wer diese Zerstörung angerichtet hatte, das interessierte die beiden in ihrem LKW eigentlich nicht, aber anscheinend gab es da vor ihnen eine Einheit, die systematisch nach Partisanen suchte und auch überall welche fand. Karl konnte nicht glauben, dass all die Menschen hier wirklich feindlich gestimmt waren. Die meisten wollten sicher nur in Ruhe leben, aber konnte man das denn hier wirklich noch?

Dieses weite Land mit den Getreidefeldern war praktisch fast völlig entvölkert. Wer konnte, der war geflohen und so blieben manchmal nur Frauen, Kinder und Alte in einigen wenigen Dörfern zurück. Wo immer es ging, versuchte Karl zu helfen, aber oft war eine Hilfe nicht mehr möglich, denn die Säuberungskommandos ließen mitunter keinen am Leben. Nur wer sich rechtzeitig verstecken konnte, der hatte eine Chance, um zu überleben. Und diese Menschen kamen dann natürlich auch nicht aus ihrem Versteck, wenn Karl aus dem Auto stieg. Aber er ließ manchmal eine Konservendose offen zurück, wenn er eine Bewegung am Straßenrand bemerkte. Vielleicht konnte ein Kind ja dadurch überleben.

„Wenn dieser Krieg durch uns verloren geht, dann Gnade uns Gott", sagte Siegfried und zeigte wieder auf die rauchenden Hütten eines zerstörten Dorfes an der Seite der Marschstraße. „Sei froh, dass dich jetzt gerade keiner hören kann! Du musst mit so etwas vorsichtig sein. Aber Recht hast du", antwortete ihm Karl. Auch er hatte schon lange festgestellt, dass hier in einer Art und Weise mit den Menschen umgegangen wurde, die durch nichts zu rechtfertigen war. „Ich sage da nur: Wer Wind sät, der wird Sturm ernten. Und der Sturm ist schon hinter uns", setzte Karl hinzu und zeigte mit dem Daumen über seine Schulter, auf die ständig anwesenden, aber nie zu sehenden russischen Verfolger.

„Wenn die mit uns so umgehen, wie wir die ganze Zeit mit ihnen umgegangen sind, dann bleibt in Deutschland kein Stein auf dem anderen. Dann bleibt kein Mensch verschont", sagte Siegfried, als sie wenig später wieder an einem Dorf vorbei kamen, an dessen Eingang ein alter Mann an einem Baum hing. So alt, wie der Mann war, hatte das unmöglich ein Partisan sein können. Der war bestimmt schon weit über 80 gewesen. „Kannst du mir einen vernünftigen Grund nennen, warum die da vorn das machen?", fragte Karl seinen Freund, doch der schüttelte bloß den Kopf.

„In diesem Krieg ist nichts mehr vernünftig. Kannst du dich noch an Frankreich erinnern?", fragte Siegfried und Karl schaute aus dem Fenster in das Land hinaus. Eigentlich wollte er nicht an Edith und das Desaster in jener Nacht erinnert werden, doch seine Gedanken sausten zu jenem Tag zurück, sowie auch zu Lore. Und genau in diesem Moment, in welchem er sich der geliebten Frau so unendlich nahe fühlte, sah er eine unbekleidete Frau am Straßenrand auf einem Stein sitzen. „Stopp!", rief er seinem Kameraden zu und Siegfried bremste schlagartig.

Die beiden Sanitäter sprangen aus dem Führerhaus des KrKW und liefen die drei Schritte bis zum Straßenrand. Die Frau zuckte erschrocken zusammen, als die Männer vor ihr standen. „Sie ist kaum älter als meine Lore", dachte Karl, kniete sich vor sie hin und schaute in die leeren Augen der Frau. Die Spuren einer Vergewaltigung waren noch deutlich an ihrem Körper abzulesen. „Das sind doch alles Schweine!", sagte Siegfried und holte eine Decke aus dem Auto, die er der Frau um die nackten Schultern hängte. Karl wischte ihr das Blut ab und sie zuckte zusammen. Nun sah sie ihn ängstlich an und er nickte ihr freundlich zu. Mehr als das, und der Frau eine Tafel Schokolade in die Hand zu drücken, konnten sie beide nicht tun, denn die Kolonne musste weiter. Hinter ihnen würden sich dann die russischen Soldaten um sie kümmern, das hofften sie zumindest beide.

Der erste Tiger schloss dröhnend zu ihnen auf und beide Männer stiegen wieder in ihr Fahrzeug. Ruckelnd fuhr der Opel Blitz auf dem zerfurchten Kolonnenweg an. Immer noch schaute Karl aus dem Seitenfenster. Eine Frage kreiste weiter durch seinen Kopf: Was machten sie hier eigentlich? Und was machten die Männer da vor ihnen? Verbranntes Land war befohlen worden, aber das bedeutete doch nicht, dass die Menschen hier zu Freiwild wurden!

Die Soldaten da vorn waren doch eigentlich auch nur Menschen. Sie hatten in der Schule Goethe und Schiller gelesen. Waren vielleicht am Sonntag in die Kirche gegangen und dann kam dabei so etwas heraus? Völlig verrohte Tiere, die über ihresgleichen herfielen. Männer, die zu Hause Frau und Kinder hatten, die schossen hier auf Kinder, die vergewaltigten Frauen und Mädchen, so wie die junge Frau, die sie gerade zurückgelassen hatten.

„Warum nur?", dachte er und merkte erst bei der Entgegnung Siegfrieds, dass er die Frage laut gestellt hatte. Der Freund antwortete mit fast denselben Worten, die er gerade gedacht hatte.

Schweigend fuhren sie weiter. Das einzige, das Karl tröstete war, dass er hier niemanden etwas getan hatte. In den Jahren des Krieges, es waren nun immerhin schon vier, die er miterlebte, hatte er auf niemanden geschossen. Aber machte das einen Unterschied? „Mitgefangen, Mitgehangen!", hatte sein alter Klassenlehrer einst gesagt, als er Karl beim Klauen von Äpfel erwischt hatte und die anderen geflohen waren. Hier war das nicht viel anders. Wenn sie der Roten Armee in die Hände fallen würden, so würde sie niemand fragen, was sie gemacht oder nicht gemacht hatten.

Der Panzer vor ihnen schwenkte den Turm zur Seite und schoss eine Panzergranate ab. Ohne Vorwarnung traf sie die Druckwelle des Mündungsfeuers und rüttelte den KrKW durch. Irgendwo seitlich der Straße zerplatzte ein T-34 in einem Feuerball und blieb rauchend liegen. Vom Weg aus war er kaum zu sehen gewesen. Das Pfeifen in den Ohren nahm nur langsam ab. Nun hielten sie einen größeren Abstand zu dem vor ihnen fahrenden Tiger.

Karl blickte zur Seite. Diese flinken russischen Panzer waren wie Stechmücken, die es hier ebenfalls in Unmengen gab. Die T-34 waren schnell, aber nur leicht gepanzert. Einem Tiger konnten sie nur aus der Nähe Schaden zufügen und vor den schweren 8,8 cm Granaten bot ihre Panzerung kaum Schutz.

Gegen Abend erreichten sie die vorbereitete Stellung und alle Panzer drehten um. Von nun an würde es wieder in die andere Richtung gehen. Aber das Einzige, woran Karl dabei denken muss-te, das waren die Menschen, an denen sie vorbei gefahren waren. Die Frauen, die Kinder und die Alten, denn noch einmal würde die Walze aus Stahl und Feuer über sie hinweg toben und dann noch einmal, bis keiner mehr am Leben war. Warum das Ganze nur? Es war so sinnlos! Die leeren Augen der Frau holten ihn ein und er musste erneut an Lore denken. Nur mit viel Schnaps kam er an diesem Abend zur Ruhe.

11. Kapitel

Munition oder Uniform?

chließlich hatte es auch Lore erwischt. Mit dem Beginn des Sommers wurde sie zur Arbeit einberufen. Auch ihre Tochter war nun kein Grund für eine Freistellung vom Arbeitsdienst mehr gewesen. Damit würde ab sofort also Christine auf Erika etwas länger aufpassen müssen. Lore blieb nur noch die Entscheidung, Uniformen zu schneidern oder Granaten herzustellen. Eigentlich zog es sie mehr zur Schneiderei, da hatte sie ja schon mit Susanne geübt, aber Regina war in der Dreherei und so entschloss sie sich, zusammen mit der Nachbarin in diese Fabrik zu gehen.

Früh am Morgen hatte sie das noch schlafende Kind zu Christine gebracht und danach nebenan bei Regina geklopft, denn sie mussten pünktlich im Werk sein, und dafür sollten sie sich nun beeilen. Zum Glück war es nicht allzu weit und Regina kannte ein paar Abkürzungen durch Gassen und einen verwilderten Garten. In dem Werk betraten sie zusammen mit vielen anderen Frauen den Umkleideraum und Lore erhielt einen blauen Anzug, Stiefel und ein Kopftuch. Wenig später hatte sie ihre Locken unter dem Tuch verstaut und stand in der Halle.

Von oben fiel durch Dachfenster Licht in die Werkhalle. Diese war etwa hundert Meter lang und kaum dreißig breit. Im Vergleich zu anderen Werken, von denen Lore gehört hatte, also eher winzig. Regina führte Lore zu ihrer Maschine, denn die erste Woche sollten sie zusammenarbeiten, damit Lore alles lernen konnte, was sie brauchen würde. Eigentlich war es ja alles ganz einfach und die Handgriffe waren immer dieselben. Bereits am Mittag desselben

Tages hatte Lore es verstanden. „Was ist das denn eigentlich?", fragte Lore und zeigte auf die glänzende Granatenhülle.

„Das sind 8,8 cm Granaten Typ 1938 mit Hohlladung oder kurz Gr. 38HL Panzergranaten", antwortete Regina. Ohne von der Arbeit aufzusehen zeigte sie auf einen Zettel, der an der Kiste hing, in die sie die fertigen Granatenkörper legten, die dann noch befüllt und mit Zündern versehen werden mussten. „Die sind für die Tiger Panzer bestimmt", setzte sie erklärend fort. Dabei spannte sie schon den nächsten Rohling in der Maschine ein. Lore hatte von Karl im Urlaub erfahren, dass er in der Nähe dieser Panzer kämpfte, daher küsste sie ihre Hand und drückte den Kuss danach auf die halbfertige Granate. Es war ein Liebesgruß für den Mann, wenn auch ein etwas makabrer.

Von nun an arbeitete sie sehr gewissenhaft und war schon eine Woche später die beste Dreherin in der ganzen Firma, denn schließlich wusste sie ja, warum sie dies tat.

Täglich kam sie nun spät am Abend heim und nahm dann erst ihre Tochter wieder von Christine zu sich. Dies war das Schlimmste an dieser Arbeit. Nicht, dass sie in der Halle stehen musste, bis Lore sich kaum noch auf den Beinen halten konnte, sondern die Trennung von der Tochter. In der Werkhalle wusste sie ja, warum sie es tat. Wenn sie die Maschine nicht betätigte, dann wurde diese eine Granate vor ihr nicht fertig und diese eine Granate konnte für Karl den Unterschied zwischen Leben und Tod bedeuten.

In der Halle wurde, trotz der körperlich schweren Arbeit, auch viel gelacht und manchmal sogar gesungen, auch wenn das durch den Lärm der Maschinen oftmals unterging, aber wenn fast tausend Frauen in solch einer Halle sind, dann gab das eben Stimmung. Gelegentlich natürlich auch Streit. Sie waren eben trotzdem Frauen, auch wenn es Lore manchmal so vorkam, als ob einige noch kleine Mädchen waren und sich gegenseitig Streiche spielten. Der Halt innerhalb dieser Werkhalle war das Wichtigste. Jeder half jedem und wenn eine Frau mal traurig war, weil ihr Mann weit entfernt an der Front war, so nahm man sich gegenseitig für einen Moment in den Arm und ließ die Tränen laufen.

Danach ging es dann mit noch größere Verbissenheit wieder an das Werk. Abends konnte Lore manchmal ihre Beine kaum noch spüren. Nur selten hatte sie eine Pause und das dann auch nur, wenn Christine Erika im Werk vorbei brachte, denn Lore stillte das Kind ja immer noch. Das war auch in dieser Zeit der immer kleiner werdenden Essensrationen die einzige Kontinuität für das kleine Kind. An die Drehmaschine gelehnt, stillte sie die Tochter. Lore hoffte nur, dass ihr durch den eigenen Hunger nicht die Milch ausgehen würde. Diese Minuten der Nähe zu ihrem Kind gaben ihr dabei die Kraft, um diese Arbeit weiter durchzuhalten.

Nach einer ganzen Weile in diesem Werk, es mussten wohl schon mehr wie zehn Wochen gewesen sein, kam Ursula, die Vorarbeiterin, zu ihr und schaute ihr eine Weile bei der Arbeit über die Schulter. Zwischen zwei Granaten fragte die ältere Frau Lore „Möchtest du nicht lieber von zu Hause aus arbeiten?" Verstört sah Lore von ihrer Tätigkeit auf „Granaten drehen? Von zu Hause?", fragte sie, doch Ursula schüttelte den Kopf „Nein! Keine Granaten drehen, sondern Uniformen nähen. Du kannst doch nähen und da könntest du bei deiner Tochter sein", erklärte die Vorarbeiterin.

Dieses Angebot war schon verlockend, doch Lore antwortete „Mein Mann hat schon eine Uniform. Was er braucht, das sind

Granaten!" Ursula nickte und setzte hinzu „Überlege es dir. Melde dich, wenn du dich dazu entscheidest!" Dann ging sie zur nächsten Frau weiter.

Einige Stunden lang überlegte Lore, was die richtige Wahl war. Einerseits könnte sie von zu Hause arbeiten und hätte das Kind immer bei sich, andererseits war aber auch diese Arbeit hier wichtig. Zwischen zwei Granaten sah sie sich um und schaute auf all die Frauen, die hier mit ihr zusammen arbeiteten. Die Abwägung war für sie ziemlich schwer und deshalb beriet sie sich bei der nächsten Still-Pause mit Christine.

Die erfahrene alte Frau sagte ihr schnell „An der Maschine wird morgen schon eine andere Frau stehen und die kann diese Arbeit genauso gut machen, wie du, aber für deine Tochter kannst nur du da sein!" Auch die Antwort der alten Frau half ihr zu einer Lösung.

Am nächsten Tag ging sie zu Ursula und nahm das Angebot der Vorarbeiterin dankend an. Den Rest des Tages fertigte sie weiter die Granatenrohlinge, während Ursula schon alles in die Wege leitete. Am folgenden Morgen würde eine Nähmaschine zu Lore geliefert werden und danach würde sie, nach einer kurzen Anleitung, zu Hause Uniformen für die Soldaten nähen.

Lore war sehr begabt und gewissenhaft. Das Üben mit Susanne hatte sich gelohnt. Jeden Morgen wurden die zugeschnittenen Uniformstücke gebracht und die am Tag zuvor fertig gestellten Uniformen abgeholt. Bei der Arbeit, die Lore manchmal bis tief in die Nacht machte, um nicht nachdenken zu müssen, saß Erika immer neben ihr. Von Zeit zu Zeit kam Christine zu ihnen herunter und half beim Sortieren und Zusammenlegen der Uniformen.

Die gebückte Haltung und die nicht so guten Lichtverhältnisse beim Nähen in der Stube wirkten sich nun aber auf Rücken und Augen aus. An manchem Abend musste sie sich erst mal wieder richtig strecken, bevor sie in das Bett gehen konnte. Wo ihr in der Halle die Füße wehgetan hatten, da war es nun der Rücken. Doch sie dachte daran, dass ein jeder seinen Teil beibringen musste. Sie hier und ihr Mann an der Front.

12. Kapitel

Grausames Schicksal

Unbarmherzig brannte die Sonne auf sie herunter. Es war mitten im Juli 1943 und die Panzer schienen durch die Hitze zu glühen. Im Inneren der Fahrzeuge war es fast unmöglich geworden, sich aufzuhalten und doch standen alle im erbitterten Gefecht. Seit einer Woche tobte der Kampf schon hin und her, doch eigentlich hatten sie verloren, bevor es richtig angefangen hatte. Der in den Augen brennende Pulverdampf hing über dem Erdboden und vermischte sich mit dem Qualm der in Flammen stehenden Felder zu einer wabernden Suppe. Bis jetzt waren mehr deutsche Panzer durch die Hitze ausgefallen, als durch den Beschuss der russischen T-34.

Mit seinem Doppelfernglas lag Karl hinter der Brustwehr, neben einem der Tiger und beobachtete, wie der schwere Panzer aus dieser Deckung heraus auf sicher mehr als 2,5 Kilometern einen T-34 nach dem anderen zum Zerplatzen brachte. Den schweren 8,8 cm Hohlladungsgranaten hatten die leicht gepanzerten Panzer der Gegenseite nichts entgegen zu setzen. Anders sah es bei den vielfach noch verwendeten Panzern des Typs III und IV aus. Da lag dann der Vorteil eher auf der Seite der Russen. Diese T-34 waren zahlreich und schnell. Sicher dreimal so schnell, wie die schwerfälligen und gut gepanzerten Tiger.

Siegfried lag mit der Sanitätstasche neben ihm und bei jedem Schuss aus der langen Kanone des Tigers traf sie die Druckwelle und hob sie förmlich vom Boden an. Solange den Panzern die Granaten nicht ausgingen, war alles gut und von diesen Geschossen hatte der Panzer mehr als 90 Stück an Bord. Wieder flog eine der Hülsen aus dem Turm und schlug scheppernd hinter dem Panzer auf die Wanne auf.

Unvermittelt schlug direkt vor dem Panzer, keine zehn Meter entfernt, eine Granate ein. Die nahe Detonation warf Erde auf die beiden Sanitäter und die Kanone des Tigers schwenkte über die beiden Männer. Ohne darüber nachzudenken, kroch Karl sofort vor dem Panzer, zwischen Wanne und Deckungsböschung, hindurch zur anderen Seite des Kampfwagens. Noch während er auf allen Vieren vor dem Panzer war, begann dieser auch schon zu Feuern. Granate um Granate verließ in schneller Folge die schwere Kanone. Dann explodierte der Tiger neben ihm und der Sanitäter drückte sich auf den Boden.

Beide Hände auf die Ohren gepresst, wartete Karl einen Augenblick, bevor er aufsprang und zur Hinterseite des Panzers lief. Über die Abdeckung des Motors hinweg, schaute er vorsichtig in die Richtung, in die der Panzer gefeuert hatte. Keine zweihundert Meter entfernt standen zehn qualmende T-34. Einer davon hatte sicher mit seiner letzten Granate den Tiger in der Seite getroffen und damit das Munitionsdepot des Panzers zur Explosion gebracht. Qualmend stand der stählerne Riese da. Nach dieser Detonation war in seinem Inneren keinem der Männer mehr zu helfen, deshalb verzichtete Karl darauf, in den Turm zu sehen.

Nach dem Lärm der Schüsse lag nun Stille in der Luft. Dann dachte er an seinen Freund, der auf der anderen Seite geblieben war und lief gedeckt um den Panzer herum.

Siegfried lag auf dem Rücken neben dem Panzer. Ein großes, anscheinend von der Panzerung des Tigers abgesprengtes, Stück gezacktes Eisen steckte in seinem Bauch. Der Freund war kreidebleich, lebte aber noch. Karl kniete sich vor ihn hin und wusste: Hier war nichts mehr zu machen. Diese Verletzung wäre selbst in einem Lazarett nicht mehr zu heilen gewesen, und hier mitten in der Steppe, weit weg von allen, hatten sie keine Möglichkeit der Hilfe. Der Freund konnte nur auf seinen Tod warten und das konnte noch Stunden dauern. Verzweifelt schaute er Karl an und flehte „Hilf mir. Erschieße mich!" Karl zog den Freund zur Seite und lehnte ihn mit dem Rücken an eine der Laufrollen, dann nahm er die Trinkflasche und gab sie Siegfried.

Noch hatte der Schock der Verletzung die Schmerzen unterdrückt, doch in ein paar Minuten würde sich das sicher ändern. Was sollte er tun? Verzweifelt wägte er alle Möglichkeiten ab. Konnte Karl den Freund erschießen? Konnte er ihn so leiden lassen? Er nahm die Sanitätstasche auf, hängte sie sich um, stand auf und sah auf den Freund herab. Karl konnte ihm nur noch helfen, indem er ihn erlöste. Immer noch zögernd stand er dort, als Siegfried wenig später vor Schmerzen zu schreien begann. Mit zitternden Fingern öffnete Karl die Pistolentasche und zog die Waffe heraus.

Er zog den Verschluss der P38 zurück und mit einem metallischen Geräusch ließ er ihn wieder nach vorn schnappen. Dann legte er den Lauf der Waffe an die Schläfe des Freundes, blickte zur Seite und zog den Abzug durch. Ein dumpfer Knall ertönte und der Freund verstummte. Ohne nach unten zu sehen, drehte sich Karl um, warf die Waffe von sich und ging in Richtung Osten davon.

Dabei dachte Karl weder an die Soldaten hinter sich, noch an die, welche sich vor ihm befanden. Er dachte an gar nichts mehr. Der Schuss hatte auch seinen Kopf geleert.

Der Sanitäter ignorierte die durch die Luft fliegenden Granaten, er ging einfach aufrecht über das Feld und immer wieder
dachte er dabei nur an Siegfried. In diesem langen Krieg hatte er
nur einen Menschen getötet, und das war sein Freund gewesen.

Dann stolperte er und die Erinnerung an Lore und Erika schob
sich nach vorn. Dieser neue Gedanke holte ihn aus seiner Lethargie wieder heraus und die Bilder der beiden geliebten Menschen
verdrängten das Bild des Todes aus seinem Kopf. Karl stemmte
sich hoch, blieb stehen und blickte sich um. Alleine stand er auf
einem Feld irgendwo in Russland.

Er war desertiert! Wie sollte nun sein Weg sein? Zurück, dann
würden sie ihn erschießen. Nach Osten? Eigentlich wollte er zu
Lore, aber dazu musste er in Gefangenschaft gehen, das war die
einzige Option, bei der er die geliebte Frau eventuell wiedersehen
konnte. „Scheiß Krieg!", brüllte er.

Weiter entfernt im Osten sah er ein paar Dächer und dort stand
auch etwas in Flammen. Es mochten etwa fünf Kilometer bis dorthin sein und er rannte los. Vielleicht war ja dort noch jemand, dem
er helfen konnte. Irgendein Mensch, an dem er das erfahrene Unrecht des Krieges wieder gutmachen konnte.

Die Sanitätstasche schlug ihm bei jedem Schritt in den Rücken
und nach etwas mehr als einer halben Stunde hatte er das Dorf
erreicht. Zwei der Hütten waren durch Granatvolltreffer vollkommen zerstört worden. Die Balken waren umhergeflogen und hatten
dabei eine der anderen Hütten getroffen. Einige Frauen und Kinder
waren dadurch verletzt worden.

Sofort machte sich Karl daran, Verbände anzulegen und den Einwohnern zu helfen. Ein bisschen Russisch hatte er in der Zeit gelernt, und so konnte er sich wenigstens etwas verständigen. Schließlich kamen auch ein paar Kämpfer der Roten Armee und da Karl unbewaffnet war und auch noch die Armbinde mit dem roten Kreuz darauf trug, ließen sie ihn einfach weiter machen, passten aber auf ihn auf. Ein russischer Sanitäter kam auch mit dazu und nun arbeiteten Russe und Deutscher Hand in Hand.

Nachdem alle Verletzten versorgt waren, gab Karl dem anderen Sanitäter die Hand und sagte „Krieg kaputt!" Der Russe nickte und Karl wurde von ein paar Soldaten nach hinten geführt. Für ihn ging es nun in die Gefangenschaft und auf diesem Weg musste er erneut an Siegfried und dessen Schicksal denken. Tränen stiegen ihm auf, aber er wischte sie schnell weg.

Über ihm flogen Tiefflieger in Richtung Westen und weit hinter ihm stieg immer noch der Rauch der Schlacht in den Himmel auf. Immer tiefer sank die Sonne und das Feuer der Explosionen beleuchtete den Abendhimmel. Der letzte Blick ging nach Westen, aber er sah nicht die Front, sondern Lore und Erika, die dort irgendwo auf ihn warteten.

Karl wurde in eine Hütte eingesperrt und hoffte, dass ihm nichts passieren würde. Seine Gedanken reisten erneut in die Heimat. Zu Lore und Erika. Mit zittrigen Fingern zog er die Bilder aus der Brusttasche und betrachtete die Fotos im letzten Licht des Tages. Was würden die Russen mit ihm machen? Erst jetzt kam die Todesangst.

Ein paar Tage später erhielt Lore ein Telegramm, in dem stand, dass Karl vermisst wurde. Die Eltern von Siegfried bekamen am selben Tag die Nachricht vom Tode des Sohnes. Da die beiden Männer immer zusammen gewesen waren, hatte Lore die Vermutung, dass Karl Hilfe für den Freund hatte holen wollen und dabei vielleicht in Gefangenschaft geraten war. An diesen Gedanken klammerte sie sich nun mit aller Macht.

Dieser kleine Funke Hoffnung und das Gefühl in ihr, dass es Karl gut ging, das war alles, was sie am Leben hielt. Und natürlich die Tochter, die ihre Mutter immer wieder forderte.

13. Kapitel

Ein glutroter Horizont

Das Jahr 1945 hatte begonnen und es startete mit einer freudigen Nachricht für Lore. Sie hatte vom roten Kreuz eine Postkarte erhalten, in der Karl ihr mitgeteilt hatte, dass er in Gefangenschaft und gesund war. Über ein Jahr hatte sie gewartet und gebangt und endlich hatten ihr diese vier Zeilen Gewissheit gebracht. Mehr hatte Karl nicht geschrieben, vielleicht um sie nicht zu beunruhigen. Diese Karte stand nun auf dem Tisch und immer wenn Lore von der Nähmaschine aufsah, dann schaute sie direkt zu dieser Karte. Wie mochte es ihrem Mann dort in der Gefangenschaft ergangen sein? Sie hoffte, dass es ihm immer noch gut ging.

In der Stadt waren jetzt auch Kriegsgefangene eingesetzt und Regina hatte ihr erzählt, dass einer davon nun an ihrer Maschine stand und daran Granaten fertigte, mit denen seine Kameraden an der Front beschossen werden sollten. Das fühlte sich schon irgendwie komisch an, aber vielleicht ging es Karl dort drüben ebenso. Wer konnte das schon wissen.

Regina hatte ihr ebenfalls aus der Fabrik berichtet, dass dort auch Häftlinge aus einem KZ arbeiten mussten. Diese Menschen waren manchmal nur noch Haut und Knochen und Regina versuchte ihnen bei den schweren Arbeiten zu helfen, aber diese Männer wurden scharf bewacht und so blieb es meist nur bei einer Geste oder einem kurzen Wort. Mehr wäre vielleicht zu gefährlich geworden. Zwar sicherlich nicht für Regina, aber bestimmt für die ausgehungerten Gefangenen.

Bereits im Herbst hatten die drei Frauen im Garten ein großes Loch ausgehoben. Einen Meter tief und breit, drei Meter lang und nun waren sie fast jede Nacht dort draußen, denn beinahe täglich gab es Fliegeralarm und die Flugzeuge brummten über ihnen herum. Manchmal nur eines oder zwei, mitunter aber auch ein paar hundert. Bei Vollmond hatte sie auch mal eines als schwarze Silhouette vor der hellen Mondscheibe gesehen.

Der schrille Ton der Sirenen rief sie zum Aufbruch und erst die Entwarnung ließ sie, oft Stunden später, wieder in ihre Wohnungen gehen, aber an Schlaf war dadurch kaum zu denken.

Mit der Zeit legte sich eine Art von Gleichgültigkeit über die Menschen. Mochte es der Schlafentzug, oder die ständige Anwesenheit des Todes über ihnen sein, Lore wusste es nicht. Sie fühlte sich aber oft einfach nur noch leer und erst das Lächeln des Kindes holte sie dann immer wieder zurück in das Leben.

In den besonders kalten Nächten des Winters hatten sie drei Mäntel übereinander gezogen und Erika in ein paar Decken gewickelt. Einen Keller hatten sie nicht und der einzige Bunker, den es hier gab, der lag am anderen Ende der Stadt. Unerreichbar weit entfernt von ihnen, um im Notfall schnell darin einen Unterschlupf zu finden und daher steckten sie ja auch in diesem Erdloch.

Noch kein Flugzeug hatte sich bisher zum Glück für die Stadt interessiert. Trotz der Munitionsfabrik war nicht eine Bombe auf die Stadt gefallen. Nur eine einzige hatte, vermutlich aus Versehen abgeworfen, ein Feld außerhalb des Stadtgebietes getroffen. Vielleicht war es ganz gut, dass die Stadt in einem Talkessel direkt an der Mulde lag. So konnte sie vielleicht von oben auch mal übersehen werden und Licht durfte sowieso keiner machen, selbst wenn sie Strom gehabt hätten, was nachts eher selten der Fall war. Die Bomber zermürbten sie, auch wenn keine Bombe fiel. Alleine der Gedanke daran, was sein konnte, der reichte schon völlig aus.

Ein neuer Alarm wieder saßen sie nachts im Garten und schauten nach oben. Es war die Nacht vom 13. zum 14. Februar und Christine hatte an diesem Tag Geburtstag. Um Mitternacht hatten Regina und Lore der Freundin gratuliert und nun brummten die Flugzeuge schon seit Stunden über ihnen herum. Das mussten wieder hunderte sein, vielleicht sogar tausende Bomber. Mit einem Mal fragte Christine von der Seite „Ist den schon Morgen?" „Nein, es ist erst zwei Uhr früh", antwortete Lore, die auf die leuchtenden Zeiger der Armbanduhr gesehen hatte. „Aber die Sonne scheint schon aufzugehen!", erklärte Christine und zeigte nach Osten an den Himmel. Es sah wirklich so aus, wie eine Morgendämmerung, aber dafür war es noch viel zu früh.

Lore drückte der Freundin das schlafende Kind in den Arm und kletterte aus dem Loch. Vorsichtig und gebückt schlich sie durch den Garten, dann stellte sie sich auf die höchste Stelle und sah nach Osten. Am Nachbarhaus vorbei hatte sie einen freien Blick auf den Himmel und den Horizont. Dieser schien zu brennen. Ein hellrotes Band zog sich von einer Seite zur anderen und Lore überlegte kurz, was sich dort in dieser Richtung befand. Dann fiel es ihr ein, da gab es nur eine Stadt.

Die junge Frau rannte zurück, sprang in die Grube und rief „Das ist Dresden! Die Stadt brennt!" Ungläubig lief nun Regina zu dem Haufen und sah ebenfalls nach. Doch auch sie kam zu demselben Schluss. In ihrer Grube umklammerten sich die drei Frauen und zitterten. Wenn es Dresden treffen konnte, dann war die Gefahr hier genauso groß, denn bisher war Dresden nur selten getroffen worden und nun schien die Stadt lichterloh in Flammen zu stehen. Selbst auf die fünfzig Kilometer Entfernung war es deutlich wahrzunehmen.

In ihren Gedanken sah sie dieses Feuer vor sich. So hatte sich Lore immer die Hölle vorgestellt. Wieder richtete sie sich vorsichtig auf und blickte zum östlichen Himmel. Erst jetzt fiel ihr ein, dass Hildegard mit Mann und Kind dort wohnten. Sie betete laut für die Schwester und die Angehörigen dort und dachte an die Stadt zurück. Erst vor ein paar Wochen hatte Lore die Schwester zu Weihnachten dort besucht. Dabei waren sie mit Erika und Hildegards Sohn Günter in die Innenstadt gegangen. Dort hatte sie die Frauenkirche besucht und darin für Karl gebetet. Alles war damals so friedlich gewesen, sogar Weihnachtsbeleuchtung hatte auf dem Markt gebrannt. Und nun sah es so aus, als ob dort alles zu Asche zerfiel. Tränen liefen über Lores Wangen.

Es brannte am Horizont immer noch, als die Sonne wirklich aufging. Verzweifelt versuchte Lore den ganzen Tag eine Information zu erhalten, aber sie erfuhr nichts. Erst ein paar Tage später erhielt sie eine Nachricht, dass es der Schwester gut ging. Der Vorort, in dem sie lebte, war wie durch ein Wunder nur leichter getroffen worden, das Haus war unbeschädigt und sie unverletzt im Keller geblieben, doch der größte Teil der Stadt war zerstört worden. Die gerade erst von ihnen besuchte Innenstadt war völlig ausgebrannt, wie Hildegard berichtete. Tausende Menschen hatten dort den Tod gefunden.

Von nun an hatte Lore viel mehr Angst vor den brummenden Bombern über ihr. Waren die Flugzeuge bis jetzt eher lästig gewesen, so änderte sich das nun. Natürlich hatte sie gewusst, dass die dort oben nicht zum Spaß herumflogen, aber sie hatte gedacht, dass sie die Bomben nur auf Industriegebiete oder die Front abwarfen. Dass es jetzt eine große Stadt getroffen hatte und eigentlich nur Zivilbevölkerung, das hatte sie zu Tode erschreckt. Immer ängstlicher schaute sie empor und zuckte jedes Mal zusammen, wenn eines der kleineren Flugzeuge etwas tiefer flog. Konnte es ihre Stadt ebenfalls so treffen?

Nur das Gebet und Erika hielten sie noch bei einigermaßen klarem Verstand. Ohne den Halt durch das Kind hätte sie schon lange aufgegeben.

14. Kapitel

Gefangen unter Gefangenen

Seit mehr als anderthalb Jahren war er nun schon in Gefangenschaft. Irgendwo in Sibirien. Wo genau, das war ja auch egal. Es gab zwar einen Zaun, aber mehr als der Stacheldraht schreckte ihn dieses weite Land ab. Karl war immer noch Sanitäter und zusammen mit einem ehemaligen Stabsarzt für die medizinische Versorgung von mehr als tausend Gefangenen verantwortlich. Die Männer zogen jeden früh in den Wald und kamen abends wieder zurück.

Für Anfang März war es hier immer noch ziemlich kalt. Vermutlich waren sie so weit im Norden, dass irgendwo in der Nähe der Polarkreis war. Karten waren hier verboten und so konnte man sich nur auf die Schilderungen des Kommandanten verlassen. Aber war das wirklich so? Oder wollte der Mann nur verhindern, dass die Gefangenen türmten? Seine, in gebrochenen deutsch, vorgetragenen Schilderungen von Wölfen und zwei Meter großen Bären klangen manchmal so schräg, dass die Männer schmunzeln mussten, aber in der Nacht waren ab und zu diese Wölfe zu hören.

Das Lager bestand aus etwa zwanzig Hütten und dem Lazarett, das abseits von den anderen Bauten lag. Vermutlich wollte man, im Falle einer ausbrechenden Krankheit, nicht das Lager gefährden. Vor dem Zaun standen ein paar Türme mit russischen Soldaten obendrauf, die das Lager bewachten, doch eigentlich war den paar Wachen vollkommen egal, was innerhalb des Lagers passierte.

Die russischen Soldaten liefen mit Maschinenpistolen in Doppelstreife außen um den Zaun herum. Die Hände meist in den Hosentaschen und mit den kleinen russischen Zigaretten im Mundwinkel. Es waren ein paar sehr alte Männer und ein paar sehr junge. Die anderen Altersgruppen waren vermutlich an der Front.

Unfälle, Hungerödeme und Kälteschäden waren für den Arzt und ihn alltägliche Probleme. Nach seiner Gefangennahme hatte sich Karl mit einer Glasscherbe den rechten Zeigefinger aufgeschlitzt und der Finger war danach, wie beabsichtigt, steif geblieben. Nie wieder würde er einen Abzug betätigen, das hatte er sich dabei geschworen. Immer wieder teilte er seinen Kameraden seine Auffassung mit, dass dieser Krieg ungerecht war, aber unter all den Gefangenen war er mit dieser Meinung isoliert. Einige waren immer noch so fanatisch, dass er mit seinen Äußerungen sein Leben riskierte, aber er konnte auch nicht mehr schweigen.

Nur seine Funktion als Sanitäter schützte ihn vor der Rache der Männer. Zumindest meist. Manchmal fing er sich da aber auch einen Fausthieb ein.

Mit der Zeit wurden die Rationen immer kleiner. Die Arbeit war immer noch die gleiche schwere Plackerei, aber die Männer wurden durch den Hunger schwächer. Die Anzahl der Unfälle und durch die Erschöpfung bedingten Ausfälle wurde zunehmend größer und fast täglich starben Soldaten. Neue Gefangene kamen immer wieder dazu und füllten die Lücken in den Arbeitskommandos wieder auf.

Mitunter dachte Karl, dass diese Männer der Hölle des Krieges nur entkommen waren, um danach in der Hölle eines Gefangenenlagers zu sterben. Der kleine Friedhof neben dem Tor des Lagers wurde mit jedem Tag immer größer. Kreuz stand schon bald neben Kreuz.

Da Karl das Lager nur selten verlassen musste, zog er sich auch damit den Zorn der Kameraden zu. Die dachten wohl, er habe eine Privilegstellung, oder mache mit den Rotarmisten gemeinsame Sache, doch seine Arbeit war ebenso wichtig, wie die der anderen Männer. Vielleicht sogar noch wichtiger. Täglich rettete er Leben. Das war es, was ihn dabei am Leben hielt. Und natürlich das Foto von Lore.

Die aus dem Wald gezogenen Stämme wurden auf einer kleinen Station einmal die Woche auf einen Zug verladen. Das war auch der Tag, an dem die Post das Lager erreichte. Das war vielleicht sogar noch wichtiger, als die Verpflegung. Schlimmer als der Hunger war das Gefühl, hier ganz und gar alleine zu sein. Keine Nachricht von daheim zu haben. Immer blieb die Frage im Kopf der Männer: Ging es den Angehörigen gut?

Nur selten bekam er Post von Lore. Das rote Kreuz sorgte zwar dafür, dass diese übermittelt wurden, aber mehr als ein Brief im viertel Jahr war nicht möglich. Seine Rückantwort fiel dann immer sehr knapp aus. Von all dem Grauen hier und dem täglichen Sterben wollte er der Frau nichts mitteilen, denn es würde sie ja nur ängstigen. Lieber schrieb er ihr vom Wald und dem Wetter.

Manchmal versuchten ein paar der jungen Gefangenen die Wachen zu provozieren. Die jahrelange Ideologie steckte noch tief in den Männern drin. Aber waren nicht alle Menschen gleich? Egal ob Russe oder Deutscher? Egal ob Frau oder Mann? Wo immer es ging, da nahm Karl die Russen in Schutz, denn er hatte ja gesehen, was diesen Menschen angetan worden war und dabei fragte er sich nur, warum das die anderen Soldaten nicht auch gesehen hatten. Waren die Männer wirklich so blind oder hatten sie selbst diese Verbrechen verübt?

Als er dann auch noch anfing, die Schriften des Nationalkomitees „Freies Deutschland" zu lesen und den anderen diese zu erklären, da schützte ihn auch der Stabsarzt nicht mehr. Er wurde zu einem isolierten Gefangenen unter Gefangenen, die ihn nicht wohlgesonnen waren. Immer mehr zog er sich auch innerlich von den Männern zurück.

Seine Ansichten und seine Reden machten ihn nur noch mehr zu einem Außenseiter und zunehmend zum Opfer der Gewalt der anderen Männer. Eines Abends wurde er in eine dunkle Hütte gezogen, wo ihn die Männer zusammenschlugen. Er schleppte sich danach schwer verletzt zum Lazarett, wo er sich aber selbst versorgen musste. Der Arzt rührte keine Finger für ihn. Mit seinem inneren und äußeren Schmerz war er nun vollkommen alleine. Er brauchte Tage, bis er wieder weitestgehend genesen war. Aber nur wer arbeitete, der bekam auch etwas zu essen. Zähneknirschend musste er seine Arbeit weitermachen.

Tagsüber musste er den Männern helfen, die ihm abends bespuckten, verprügelten oder beschimpften. Es war nicht immer einfach, Dienst und Privat voneinander zu trennen, aber er versuchte es. Wichtig war nur das Überleben! Für Lore und Erika, denn er wollte die beiden unbedingt wiedersehen! Wie alt war das Kind jetzt? Mehr als drei Jahre! Als er gegangen war, war es noch kein halbes Jahr alt gewesen!

Um der Gewalt weiter aus dem Weg zu gehen, zog er sich nun nachts in den Krankenbau zurück. Oft war er da alleine und dann konnte er die Tränen laufen lassen. Tränen des Zorns, des seelischen Schmerzes, der Einsamkeit und der Sehnsucht.

Wie lange musste er noch hier bleiben? Wie lange ging dieser verdammte Krieg noch? In Gedanken flog er in die Heimat und schaute jeden Abend zur untergehenden Sonne.

 ଚ ♥ ଓ

Fern in der Heimat hatte sich Lore ein Bettlaken bereit gelegt, für den Fall des Kriegsendes. Sehen durfte es keiner, deshalb lag es oben auf der Bettwäsche. Zwei Schlaufen hatte sie daran genäht und einen Besenstiel in die Ecke des Schlafzimmers gestellt. Damit musste sie sehr vorsichtig sein, denn wenn jemand diese Vorbereitung zur Kapitulation sehen würde, dann würde sie bestimmt in das Lager und Erika in ein Heim kommen.

Heimlich saß sie an manchen Tagen am Radio. Dann hörte sie London und auch das wäre ein Grund, für ihre Verhaftung gewesen, aber ohne diese Informationen wusste sie ja nicht, wo der Russe wirklich war, denn im deutschen Radio gab es nur noch Durchhalteparolen und Siegesbotschaften und sie hatte schon lange begriffen, dass sie da nur belogen wurde.

15. Kapitel

Wer Wind sät...

Der Lärm auf der Straße wurde immer lauter. Motorengedröhn und Rufe waren zu hören, auch vereinzelte Schüsse fielen. Lore stand in ihrem Wohnzimmer und das Kind spielte in dem Laufgitter zu ihren Füßen. Immer näher kamen die Geräusche und sie war unfähig, sich zu bewegen. Wohin hätte sie auch fliehen können? Draußen wehte die weiße Fahne und dann hörte sie Schläge an der Haustür. Wenig später das Geräusch vom Zersplittern des Holzes. Eine Gruppe von Soldaten stürmte johlend in das Haus und auch in das Zimmer herein. Mit einem Schrei fuhr sie herum und sah, wie einer der bärtigen Männer direkt vor ihr seine Hose fallen ließ, während ein anderer Soldat ihr mit dem Gewehrkolben gegen den Kopf schlug. Lore kippte um, schlug auf dem Boden auf und verlor das Bewusstsein.

Das Weinen des Kindes holte sie aus der Dunkelheit zurück. Zwei Gedanken rasten durch ihren schmerzenden Kopf: Was war mit dem Kind passiert und wie lange lag sie schon hier? Mühsam versuchte sie sich aufzurichten und rutschte wieder zurück. Erst beim dritten Versuch gelang es ihr, sich zu erheben. Schwankend und benommen stand sie in dem Raum. Mit einem Blick an sich herab stellte sie fest, dass sie nackt und von vielen blutverkrusteten Wunden bedeckt war. Unbewusst fasste die junge Frau sich an den Kopf und zuckte vor Schmerz zusammen. Ihre Fingerspitzen fuhren langsam über ihr Gesicht. Die eine Hälfte des Gesichtes war geschwollen und da sie so nicht zur Seite sehen konnte, drehte sie sich zu dem Kind um und hob es auf.

Sorgfältig tastete sie das Kind ab. Erleichtert stellte Lore fest, dass es Erika offenbar gut ging. Sie war unverletzt und weinte vermutlich nur vor Schreck, daher versuchte Lore sie zu trösten und legte Erika anschließend in das Kinderbett.

Nachdem das Kind eingeschlafen war, schleppte sich Lore in die Küche und wusch sich das Blut vom Körper. Als sie wenig später zurück in das Wohnzimmer kam, bemerkte sie, dass alle Sachen durchwühlt waren, dass alle Schränke und alle Schubladen offen standen. Der größte Teil des Inhaltes der Schränke lag auf dem Fußboden verstreut umher, vieles fehlte oder war kaputt geschlagen worden. Lore nahm sich ein paar frische Sachen aus dem Schrank und zog sich an. Danach setzte sie sich eine kurze Zeit auf den Stuhl neben dem Kinderbett, bevor sie sich davon wieder hoch stemmte und die Wohnung verließ.

Im Flur stehend sah sie die Reste der Eingangstür zersplittert im Türrahmen hängen. Die Angst um die beiden Freundinnen zog sie nach oben. Unter Schmerzen stieg sie die Treppe zu den anderen Frauen im Haus hinauf. Allen beiden war das gleiche wie ihr passiert. Sogar die siebzigjährige Christine hatten die Soldaten brutal vergewaltigt. Die Freundin saß, mit zerkratztem Gesicht und zerrissener Kleidung, blutend in ihrer Küche und ihr fehlten Büschel von dem grauen Haar, die neben dem Stuhl auf dem Boden lagen. Die alte Frau war völlig apathisch und Lore versuchte, ihr irgendwie zu helfen. Mit einem feuchten Lappen wischte sie Christine das Gesicht ab und versuchte das Blut vom Körper der alten Frau zu bekommen.

Eine ganze Weile später stieg sie wieder nach unten und dachte sich dabei „Ich habe noch mal Glück gehabt. Mein Kind lebt noch, ich bin auch noch am Leben und habe von all dem nichts mitbekommen." Die Schwellung, die Kratzer und die blauen Flecken, die sie am ganzen Körper hatte, würden in zwei Wochen nicht mehr zu sehen sein. Der Schmerz der Seele würde sicher auch noch weichen.

Sie nahm das Kind aus dem Kinderbett und ging mit Erika in die Schlafstube hinüber, draußen wurde es schon dunkel und somit hatte sie also fast fünf Stunden ohne Bewusstsein dort drüben gelegen. Auch hier in der Schlafstube war alles durcheinander geworfen worden. Die Matratze war aufgeschlitzt, so als hätten die Männer irgendetwas darin gesucht. Lore versuchte alles wieder, so gut es ging, in Ordnung zu bringen, Licht wollte sie allerdings keins anmachen, denn sie konnte ja nicht wissen, wen sie damit anlocken würde.

Mit der Tochter im Arm legte sie sich in das Bett, nachdem sie einen kleinen Schrank vor die Tür der Schlafstube geschoben hatte. Erst im Liegen und in der Ruhe begannen die Schmerzen unerträglich zu werden. Heiße Tränen liefen ihr über die Wangen und tropften auf das Kissen. Ganz fest zog sie die Tochter an sich und brauchte Stunden, bevor ihr die Augen endlich zufielen. „Hoffentlich ist das nun vorbei", dachte sie sich beim Einschlafen.

Erst gegen Mittag des folgenden Tages wagte sich die Frau aus dem Haus. „Was ist mit den Anderen in der Straße passiert?", fragte sie sich. Ganz vorsichtig, und sich ständig umblickend, ging sie an der Hauswand entlang zum Nachbarhaus. Dort bot sich dasselbe Bild des Grauens. Auch ein Haus weiter war es so. Eine Nachbarin wankte ihr entgegen und in deren Gesicht konnte Lore die Angst sehen. Weiter führte sie ihr Weg. Am Ende der Straße hatte ein Großvater offenbar versucht, seine Frau oder die Tochter vor den Soldaten zu beschützen. Er, seine Frau, die Tochter und die drei Enkel lagen tot hinter der offenen Haustür im Flur.

Lautes Motorengeräusch in der Nähe ließ sie zusammenfahren. „Nur nicht hier auf der Straße erwischen lassen", dachte sie sich und lief so schnell sie konnte zum eigenen Haus zurück. Die defekte Haustür verbarrikadierte sie mit einem Schrank und setzte sich zu ihrer Tochter, die sie nur für ein paar Minuten hier zurückgelassen hatte. Zitternd saßen sie zusammen in der Stube und Lore sah sich darin nun genauer um, was alles fehlte, aber sie hatte wenigstens ihr Leben behalten und auch Erika war nichts geschehen. Das Bild der getöteten Familie brannte sich in ihre Gedanken ein und trotzdem sang sie Erika ein Schlaflied. Dieses Lied beruhigte gleichzeitig auch die Frau.

Vorsichtig legte sie anschließend die nun eingeschlafene Tochter in das Kinderbett, welches noch unzerstört geblieben war. Das eine Auge war mittlerweile komplett zugeschwollen, wodurch Lore immer den Kopf drehen musste, wenn sie nach dem Kind sehen wollte. Sie erhob sich aus dem Stuhl, ging in die Küche und holte sich ein nasses Tuch, das sie auf die Schwellung drückte. Der Schmerz durchzuckte sie wieder, aber sie sagte laut vor sich hin: „Wer noch Schmerzen hat, der lebt noch!" Dabei dachte sie erneut an die Familie in dem Haus. Im Moment konnten sie noch nicht einmal die Toten beerdigen, weil keiner sich auf die Straße trauen würde.

Als sie sich danach erneut von dem Stuhl erhob, bemerkte sie, dass die Schmerzen noch nicht nachgelassen hatten. In der Ruhe waren sie nur noch stärker geworden und dennoch wollte Lore noch einmal nach oben zu Christine gehen, um nach der Freundin zu sehen. Mühevoll zog sie sich am Geländer die Treppe hinauf und rief nach der alten Frau, erhielt aber keine Antwort.

Voller Angst um die alte Frau schob sie die nur angelehnte Tür der Wohnung auf und sah die Freundin direkt vor sich hängen. Lore stieß einen Schrei aus, den auch die Nachbarin gehört hatte, denn Regina kam zu ihr herübergeeilt. Zusammen machten sie die alte Frau los und legten sie auf das Bett. Lore schloss ihr die Augen und die Nachbarin zog ein Betttuch über den toten Körper der Frau.

Mit einem leisen Gebet verabschiedete sie Christine, die wohl die Schmerzen der brutalen Schändung nicht ertragen hatte. Ob körperlich oder seelisch spielte da ja keine Rolle. Sie hatte den Tod dem Leben vorgezogen.

„Wir müssen sie jetzt auch erst mal hier so liegen lassen", dachte sich Lore. Mit Tränen in den Augen stand sie dort, während die Nachbarin das Zimmer humpelnd wieder verließ. Einen weiteren Augenblick blieb sie bei der toten Freundin. Gestützt auf das Bett trauerte sie um sie. Wie viel Leid hatten die Frauen, alleine nur dieser einen Straße, auf sich nehmen müssen? Sie ja inbegriffen. Ihr geschundener Schoß meldete sich nun mehr als deutlich. Die Hand auf ihren Unterleib gepresst, versuchte sie, Linderung zu finden. „Dieser verdammte Krieg!", stöhnte sie.

Von unten hörte sie das Kind weinen, dass riss sie aus der Trauer und dem Grübeln wieder heraus. Lore taumelte aus Christines Wohnung und wankte die Treppe hinab, nach unten in die eigene Stube. Dort strich sie dem Kind über den Kopf und deckte es zu. Die Kleine strampelte allerdings die Decke sofort wieder von sich, denn sie wollte jetzt nicht schlafen, doch Lore hatte im Moment mit sich selber genug zu tun.

Ungeachtet des weiterhin weinenden Kindes schleppte sie sich noch einmal in die Küche zurück, legte dort die Kleider ab und ließ sich etwas warmes Wasser in eine Schüssel ein. Diese stellte sie auf den Tisch und wusch sich das Blut ab, welches sich erneut auf den Wunden des Vortages gebildet hatte.

Nachdem sie sich wieder angezogen hatte, humpelte sie in das Vorratslager im Hof. Wie nicht anders zu erwarten gewesen war, waren die Kartoffeln, Zwiebel, Rüben und der Mais restlos verschwunden. Nur die Konserven waren noch da. Da hatte wohl keiner der Soldaten gewusst, was drin war und so hatten die Männer sie nur aus dem Regal geworfen. Mit ein paar verbeulten Obstkonserven ging sie zurück in die Küche. „Wenn es keine Kartoffeln gibt, dann gibt es eben Birnen", dachte sich Lore und öffnete die erste Dose. Den Saft füllte sie in eine Flasche und gab diese der Kleinen zu trinken.

Satt schlief die Tochter wenig später in ihrem Bett und Lore ließ sich die Birnen schmecken. Irgendwoher musste sie aber bald etwas Richtiges zu Essen besorgen. Zuvor würde sie aber erst mal abwarten, was passieren würde. Die Trauer um Christine schnürte ihr Herz zusammen und tausende Tränen liefen ihr über die Wange.

16. Kapitel

Ein Neuanfang

Der Sommer brach an und die Stadt war erhalten geblieben. Von den mehr als zehntausend Einwohnern waren nur ein paar Hundert im Zuge der Besetzung oder „Befreiung" ums Leben gekommen. Die wenigsten davon allerdings aufgrund von Kampfhandlungen, die meisten durch die Gewalt der Rotarmisten. Es waren nur ein paar Schüsse von deutscher Seite aus abgegeben worden. An einer Barrikade hatten ein paar Volkssturmmänner die Aufgabe gehabt die russischen Panzer aufzuhalten. Die zum Teil schon über sechzig Jahre alten Männer hatten aber die Panzerfäuste in einen Graben geworfen, kaum dass die SS abgezogen war und die zwanzig Hitlerjungen, die das Rathaus verteidigen sollten, waren von ihren Müttern an den Ohren nach Hause geschleift worden.

Der Krieg war doch sowieso vorbei und warum sollte man da noch sein Leben riskieren? In aller Eile waren die weißen Fahnen gehisst worden und alle hatten zu Gott gefleht, dass die SS nicht noch einmal zurückkommen würde. Doch die hatten sich in aller Eile abgesetzt. So schnell hatten die Volkssturmmänner gar nicht hinterher sehen können, wie die Autos, Motorräder und LKWs in die nächste Stadt gefahren waren. Dort hatte es dann auch größeren Widerstand gegeben. Mit vielen Toten auf beiden Seiten und auch größeren Zerstörungen. Da hatten die paar alten Männer nicht die Wahl gehabt, sondern sie hatten zwischen den Gewehren der SS und denen der Russen gestanden. Egal was sie taten, sie waren sowieso schon tot gewesen.

Der glückliche Umstand der fehlenden Gegenwehr jedenfalls hatte viele Menschen in Lores Stadt vor diesem Schicksal bewahrt.

Die Toten waren unter der Erde und die alten Bilder und Fahnen waren neuen gewichen. Durch die Straßen zogen Rotarmisten und auch deutsches Ordnungspersonal mit roten Armbinden. Alle Betriebe waren geschlossen worden und es herrschte eine nächtliche Ausgangssperre. Die einzigen, die in der Nacht grölend durch die Straßen zogen, waren ein paar betrunkene russische Soldaten und hinter verschlossenen Türen hoffte ein jeder, dass sie an seinem, oder ihrem, Haus vorbeizogen, denn betrunken waren die Männer unberechenbar. Schon der kleinste Anlass reichte aus, um getötet zu werden und deshalb hielt ein jeder Einwohner, schon aus Eigenschutz, die Ausgangssperre penibel ein.

Zum Glück gab es also nur noch vereinzelte Übergriffe. Nicht so, wie es in den ersten Tagen gewesen war. Das lag vermutlich auch daran, dass die meisten Rotarmisten weiter gezogen waren und nur noch eine Kompanie mit etwa hundert Soldaten in der Stadt geblieben war. Nur die Verwaltung, die Kommandantur und eine kleine Wacheinheit waren geblieben. Diese Männer lebten in den Häusern rund um den Markt und dort blieben sie dann meist auch. Die Offiziere wohnten in der Schänke und im Hinterhof waren die Pferde der Fuhrwerke untergestellt. Die Wachposten schauten argwöhnisch auf jeden, der den Markt betrat und das Maschinengewehr auf dem Balkon des Rathauses war sicher auch nicht nur Dekoration. Drohend zeigte die Mündung auf alle herab.

Obwohl die Ausgangssperre nur bei Nacht galt, ging auch am Tage nur der aus dem Hause, der unbedingt musste. Einmal in der Woche wurde ein kleiner Markt abgehalten. Auf dem Platz vor dem Rathaus, also praktisch unter den Augen der russischen Soldaten, boten einige Bauern wenige Feldfrüchte an. Es wurde nur getauscht, denn neues Geld gab es noch keines und das alte nahm keiner mehr ab. Niemand wusste, ob es am nächsten Tag noch etwas wert sein würde. Nur wer also noch Wertgegenstände hatte, der konnte etwas zu Essen erwerben. Alle anderen waren auf die Zuteilungen der Russen angewiesen.

Von der Kommandantur wurden immer am Anfang des Monats Wertmarken mit der jeweiligen Ration ausgegeben und am Rathaus hing ein Zettel, auf welchem stand, was man für den jeweiligen Abschnitt erhalten konnte. Jeden Montag früh wurde dieser Zettel gewechselt und von Woche zu Woche wurden die Rationen kleiner. Mit jedem neuen Aushang schrumpfte der Tagessatz. Wer überleben wollte, der musste sehen wie er klarkam. Fast ängstlich las Lore dann immer dieses Blatt. Sie selbst erhielt die Marken für sich in der Kategorie IV „Angestellte" und Kategorie V „Kinder" für die Tochter. Aber richtig Leben und satt werden konnte Lore davon nicht.

Diebstahl, Schwarzmarkt und Tauschhandel waren die einzigen Möglichkeiten, um an etwas mehr Essen kommen zu können. Wer noch etwas Wertvolles hatte, der konnte damit Fleisch und Wurst eintauschen. Am Bahnhof, hinter einer Bretterwand trafen sich die, die etwas hatten mit denen, die etwas brauchten. Von den Wachen meist geduldet, musste man doch immer auf der Hut sein, dass nicht gerade mal eine Razzia war und alle die Waren verloren. „Organisieren" hieß dieses Beschaffen und manchmal „fand" Lore auch etwas am Straßenrand, wenn sie mit dem Kinderwagen aus der Stadt auf das umliegende Land hinausfuhr.

Manchmal ein paar Kartoffeln und auch mal eine Möhre oder einen Kohlkopf. Der entweder auf dem Feld vergessen worden war, oder von einem LKW der Roten Armee „fiel". Dabei war aber immer die Gefahr mit anwesend, denn wurde sie beim „finden" erwischt, so würde sie dies in ein Lager bringen. Würde sie allerdings der jeweilige Bauer dabei ertappen, wie sie etwas auf seinem Feld „fand", so würde er sicher keine Sekunde zögern und sie erschießen.

Mitunter hatte sie schon überstürzt flüchten müssen, doch wer am Leben bleiben wollte, der musste auch oft sein Leben riskieren. Jetzt im Sommer wuchs auch so manches wild. Brennnesseln zum Beispiel, aus denen sich eine nahrhafte Suppe zaubern ließ, wenn man wusste, wie man sie ernten und zubereiten sollte. Alles, was irgendwie grün war, das wanderte in den Topf und selbst Ratten wurden nicht verschont.

Von dieser Hungerkost konnte das Kind zwar nicht leben, aber sie, und das Kind stillte sie einfach weiter. Da sie die Nähmaschine behalten hatte, konnte sie für einige der Frauen etwas nähen. Kleider, Hosen oder Jacken wurden von ihr sorgfältig hergestellt, im Tausch gegen einige Lebensmittel. Auch das half ein wenig, um über Wasser zu bleiben.

Fleisch und Wurst waren noch mehr Luxusware geworden. Hatte schon in den letzten Kriegsjahren die Ration stetig abgenommen, so war nun nach dem Krieg auch nicht mehr viel zu holen. Die Männer waren nicht da, die Ernten würden absehbar schlecht ausfallen und viele der Felder waren auch noch zerstört worden. Immer weiter wurden Lores Beutezüge und vom Bahnhof fuhren regelrechte Hamsterzüge los, welche die Menschen in die ländlichen Gebiete brachten und wovon die meisten mit vollen Rucksäcken und Taschen wieder zurückkamen.

Wertsachen zum Tauschen hatte Lore schon bald keine mehr, nur noch ihre Ehre. Aber was nützte die Ehre, wenn man zusehen muss, wie das Kind hungerte und manchmal im Schlaf weinte.

Auch ihr eigener Magen knurrte oft. Die dünnen Suppen hatten nicht viel Nährwert, sie machten nur den Magen voll. Wenn es sich angeboten hätte, dann hätte sie vermutlich auch ihren Körper verkauft, doch noch zögerte sie vor diesem letzten Schritt.

17. Kapitel

Was bist du bereit zu tun?

eit mehr als einem halben Jahr waren sie nun schon befreit. Durch den Krieg bedingt war die Ernte in diesem Jahr mehr als dürftig ausgefallen und damit war der Hunger ein täglicher Gast an den Tischen der Sachsen. Das Brot bestand zur Hälfte aus Sägespänen und wurde dabei trotzdem fast mit Gold aufgewogen. Selten gab es einen Tag, wo Lore nicht mit einem knurrenden Magen in das Bett ging. Aber Hauptsache war, dass es Erika gut ging.

Als das Kind aber dann im Herbst Husten und Fieber bekam, da musste Lore eine Entscheidung treffen, denn so würde das Kind vermutlich den folgenden Winter nicht überleben. Geld hatte sie keines und von den meisten ihrer Wertgegenstände hatten die Befreier sie als erstes „befreit" gehabt, der Rest war für das tägliche Essen eingetauscht worden. Selbst die geliebte Kette mit dem Schmetterling als Anhänger, die ihr Hildegard einmal zum Geburtstag geschenkt hatte, war gegen ein Stück Schinken getauscht worden. Das war erst vor einem Monat gewesen, so lange hatte sie sich dagegen gewehrt, aber letztendlich hatte sie keine Wahl gehabt. Nun hatte sie nichts mehr und musste überlegen, was sie noch tun konnte. Das vor Schmerzen weinende und ständig hustende Kind drängte sie dazu!

Grübelnd saß sie am Bett von Erika und strich der Tochter mit einem Lappen über ihr Gesicht. Das Fieber war stärker geworden! Nur eine Möglichkeit blieb ihr noch, aber bisher war sie ständig davor zurückgezuckt. Sie musste als Bittstellerin zur Kommandantur! Bislang hatte sie sich immer von den Rotarmisten ferngehalten und einen großen Bogen um jeden in Uniform gemacht. Der

Schmerz der ersten Tage steckte noch tief in ihrer Seele, auch wenn die Narben der Schändung längst verheilt waren. Trotzdem waren diese Männer wohl die Einzigen, die ihr jetzt noch helfen konnten und vielleicht konnte sie ja bei der Kommandantur eine höhere Ration für das Kind bekommen.

Sie musste es zumindest versuchen und so brachte sie Erika zu ihrer Nachbarin Regina nach oben, machte sich die Haare zurecht und zog sich ihr schönstes Sommerkleid an. Die Hand schon auf der Türklinke zögerte sie für einen Moment, bevor sie sich ängstlich auf die Spur machte. Die Angst drückte ihr trotzdem die Kehle zu. Lore zitterte und das war nicht dem kalten Wetter und dem dünnen Kleid geschuldet.

Der Weg bis zum Rathaus, in dem sich jetzt die Kommandantur befand, war nicht weit. Der Posten vor dem Tor, ein junger Rotarmist, durchsuchte sie lange und sorgfältig, und das, obwohl sie weder eine Tasche dabei hatte, noch das Kleid etwas bei ihr verbergen konnte. Es war ja ein dünnes Sommerkleid. Vermutlich war die Sicherheit der Kommandantur nicht der einzige Beweggrund für die sehr sorgfältige Kontrolle.

Endlich durfte sie in das Haus hinein. Tafeln mit Pfeilen und Aufschriften in Russisch und Deutsch zeigten die Richtung an und somit stand Lore kurz darauf vor dem Raum mit einem Schild, auf welchem „Verwaltung" stand. Sie klopfte an und von innen wurde „Herein!" gerufen. Die Frau schob die knarrende Tür auf und blickte in einen fast leeren Raum. Ein großer, breitschultriger Offizier saß an einem Tisch und las in einer Akte, dabei zeigte er, ohne zu ihr aufzusehen, mit der Hand auf einen Stuhl und Lore setzte sich.

Einen Moment ließ er sie warten, während er weiter in der Akte blätterte und die Frau schaute sich vorsichtig um. In diesem Raum hatten Karl und sie damals geheiratet. Nur das damals viel mehr Möbel hier drin gestanden hatten. Nun gab es hier diesen Stuhl, auf dem sie saß, und der am Boden festgeschraubt war. Er stand drei Schritte von dem Schreibtisch entfernt. Hinter dem Offizier war das Bild des Führers, das da mal gehangen hatte, entfernt worden und durch ein kleineres Bild ersetzt worden. Der weiße Rand um dieses Foto herum sah aus wie ein Heiligenschein, auch wenn der Mann darauf sicher kein Heiliger war. Mit einem Knall schloss der Offizier den Ordner und schob ihn zur Seite. Lore fuhr erschrocken herum. Der russische Offizier sah sie an und fragte in fast akzentfreiem Deutsch „Was wollen sie?"

Sie war überrascht und fragte daher zuerst „Wo haben sie den so gut Deutsch gelernt?" „Ich wollte die Schriften von Marx und Engels im Original lesen. Deswegen habe ich es gelernt. Doch noch mal zu meiner Frage zurück: Was wollen sie?" Lore begann von sich und ihrer Tochter zu erzählen, von dem Hunger und der Krankheit und versuchte damit das Herz des Soldaten zu erweichen. Vielleicht hatte ja auch er Kinder?

Der Mann hörte ihr aufmerksam zu, zog dann geräuschvoll eine Schublade an seinem Tisch auf, griff hinein und nahm ein paar der begehrten Wertmarken heraus. Die sogenannte „Schwerarbeiterzulage", die eigentlich nur von den Ärzten für Schwerkranke ausgegeben werden durfte.

Diese Marken legte er direkt vor ihr auf den Tisch und fragte anschließend „Was sind sie bereit dafür zu tun?" „Alles!", hätte Lore fast gerufen. Für einen Moment überlegte sie, was der Mann wohl damit meinte. Was konnte sie? Sie sah den Offizier an und bemerkte, dass sein Blick am Ausschnitt ihres Kleides hing. Jetzt verstand sie, worauf seine Frage abzielte. Langsam öffnete sie Knopf für Knopf bis zur Taille, dann stand sie auf und trat einen Schritt nach vorn.

Das Kleid rutschte von ihren Schultern und über ihre Hüften zu Boden. Die Unterwäsche folgte, dann stand sie nackt vor dem Mann. Mit Gewalt hätte er sich alles nehmen können, was er wollte, doch ihm schien es besser zu gefallen, wenn sich eine Frau freiwillig in ihr Schicksal begab. Das stärkte vermutlich sein Ego und seine Macht. Mit seitlich herab hängenden Armen, den Kopf gesenkt, wartete sie auf seine Anweisungen. Was würde er wollen?

Da Lore Erika auch mit drei Jahren immer noch täglich stillte, hatte sie noch eine beachtliche Oberweite, auf welcher nun die Blicke des Mannes ruhten. Der Hunger hatte sie schlanker, gleichzeitig auch fraulicher gemacht und mit ihren 23 Jahren war sie immer noch bildhübsch, wie ihr Christine immer gesagt hatte.

Der Mann stand auf und kam hinter seinen Tisch hervor. Er umrundete Lore ein paar Mal und überlegte sicherlich, was er mit ihr anstellen konnte. Lores Blick glitt zwischen einer auf dem Tisch liegenden Peitsche und den wertvollen Marken hin und her. Warum sagte der Mann nicht einfach, was er von ihr wollte?

Dann blieb er hinter ihr stehen und schob sie wortlos mit einer Hand in ihrem Rücken nach vorn, bis zur Kante des Tisches. Er drückte sie an den Schultern nach vorn, bis die Frau mit dem Gesicht auf den ersehnten Wertmarken zu liegen kam. Mit diesen kleinen, bunten Zetteln würde sie die Kleine sicher zwei Monate gut ernähren können.

Lore hörte, wie der Offizier sich auf den Stuhl setzte, auf dem sie gerade noch gesessen hatte und er beobachtete sie sicherlich. Bestimmt ergötzte er sich dabei an ihrer demütigenden Haltung. Nach einem Moment der Ruhe stand er auf und trat an sie heran. Ohne ein Wort stand er hinter ihr. Sie hörte ihn atmen und erneut passierte eine Weile lang nichts. Für unendliche Minuten stand sie nun schon über den Tisch gebeugt in diesem Raum. Sie hatte erwartet, dass er sie demütigen und verspotten würde, oder dass er sie mit der Peitsche verprügeln würde. Doch nichts davon passierte.

Verstört blickte sie seitlich nach hinten. Der Mann griff zur Peitsche, die neben ihrem Kopf auf der Tischplatte lag, und sie biss in Erwartung der Schläge die Zähne zusammen. Doch er schlug sie nicht, sondern zog das Schlaginstrument nur langsam über ihren nackten Hintern. Immer länger dehnte sich die Zeit für Lore.

Klatschend landete die Peitsche wieder auf dem Tisch, der Offizier schob ihr mit dem Stiefel die Beine auseinander und ließ die Hose fallen. Nun wusste sie, was ihr bevorstand. Seine Finger krallten sich in ihre Hüften und er rammte sich mit Gewalt in ihren Schoß. Grunzend begann er sich in ihr zu bewegen und presste sie dabei immer wieder gegen die Tischkante. Brutal begann der Offizier sie zu missbrauchen und sie hatte das Gefühl, dabei innerlich zerrissen zu werden. Sein Schnaufen dröhnte in ihren Ohren und es klang fast spöttisch.

Auch wenn sie sich ja innerlich darauf vorbereitet hatte, waren es einfach unsägliche Schmerzen. Was tat der Mann da nur? Mit zusammengebissenen Zähnen dachte sie an Erika, die Wertmarken und daran, dass er sicherlich gleich fertig werden würde, aber der Mann brauchte länger, als sie gehofft hatte.

Irgendwann hielt sie es nicht mehr aus, schrie ihren Schmerz, die Wut und ihre Verzweiflung heraus und vermutlich war es das, was er bei ihr gesucht hatte, denn wenig später ließ er befriedigt von ihr ab.

Während er sich die Hose zuknöpfte, ging der Mann um den Tisch herum, dann setzte er sich in den Stuhl und sagte „Nimm und verschwinde!" Schnell raffte Lore die Wertmarken zusammen, zog sich das Kleid über den Kopf, hielt es sich oben zu und nahm die noch am Boden liegenden Sachen auf.

Anschließend drehte sie sich zur Tür um und machte zwei Schritte, dann rief er „Halt!" Lore hörte das Durchladen einer Pistole und erstarrte in der Bewegung. „Dreh dich um!", rief er und sie folgte der Anweisung. Aus der Entfernung von ein paar Schritten schaute Lore in den Lauf der Waffe, die auf sie gerichtet war. „Du hast vergessen, dich bei Genosse Stalin für die außerordentlich großzügige Gabe zu bedanken!", brüllte sie der Offizier an und zeigte dabei auf das Bild hinter sich. „Auf die Knie und verbeuge dich vor ihm!", rief er weiter. Die Frau tat, was der Mann von ihr forderte und da er vor dem Bild saß, bedanke sie sich praktisch jetzt dafür, dass er sie gerade missbraucht hatte.

„Und jetzt raus, bevor ich es mir noch anders überlege!", brüllte er sie an, legte die Pistole zur Seite auf den Tisch und zündete sich eine Zigarette an. Lore verließ rennend das Zimmer. Im Flur wischte sie sich mit einem Taschentuch das Blut von den Beinen, zog sich die Unterwäsche wieder an und ging anschließend hinunter zur Ausgabestelle, wo sie einen Teil der Marken sofort eintauschte.

Gedemütigt, benutzt, aber mit Wurst, Brot, Butter und Milch beladen, machte sie sich auf den Heimweg. Bei der Nachbarin holte sie Erika ab und gab dem Kind eine dicke Butterstulle. Sie sah die glücklichen Augen des Kindes, den mit Butter verschmierten Mund und dachte an die Frage des Offiziers. „Was bist du bereit zu tun?" „Für mein Kind: Alles!", setzte sie im Gedanken hinzu.

Sicherlich würde sie zwar die nächste Woche nicht ohne Schmerzen sitzen können, aber das war es ihr wert gewesen. Ihr Kind war jedes Opfer wert!

18. Kapitel

Der Rübenwinter

is jetzt hatte es Lore geschafft, ihre Tochter zu ernähren. Doch im Oktober 1946 wurden die Rationen schließlich so klein, dass niemand mehr wirklich davon leben konnte. Es war ein Witz, was Lore auf die Wertmarken von der Ausgabestelle in der Kommandantur erhielt. Jetzt zum Ende des Jahres gab es auch draußen in der Natur nicht mehr viel zu „finden". Alles war abgeerntet und das Meiste davon anschließend nach Russland verfrachtet. Selbst das Fallobst der einzelnen noch stehen gebliebenen Straßenbäume war restlos verschwunden und auch davon war fast alles nach Osten gegangen. Für die Menschen hier blieb nicht viel übrig. Mit Schrecken blickte Lore auf den nahenden Winter und wie eine zusätzliche Prüfung wurde es ein besonders kalter Winter.

Im November brach eine Kaltfront über die Stadt herein, der die meisten der völlig ausgehungerten Menschen nichts mehr entgegen zu setzen hatten.

Alles, was hier in der Gegend irgendwie zu verwerten war, war abmontiert und per Zug nach Osten als Reparation verfrachtet worden. Die Dreherei war nur noch ein leerer Kasten. Alle Maschinen waren fort. Selbst die fast 60 Tonnen schwere Drehbank aus Kaisers Zeiten war verschwunden. Lore hatte mal auf dem Weg dort entlang in die Halle geschaut und nur noch ein paar letzte Kabel gesehen. Fast besenrein war die Werkhalle. Selbst die Stühle aus dem Pausenraum standen nun vermutlich irgendwo in Sibirien. Tag und Nacht ratterten die Züge durch den kleinen Bahnhof und von dort in Richtung Dresden davon.

Eines Tages entgleiste kurz vor dem Bahnhof ein Wagon mit Rüben. Vermutlich hatte einer der Bahnmitarbeiter etwas nachgeholfen, aber beweisen konnte man es natürlich niemanden. Die Rüben stürzten einen Abhang hinunter und noch bevor auch noch einer aus der Kommandantur es davon erfahren hatte, war der größte Teil der Stadtbevölkerung dort versammelt. In Taschen, Rucksäcken und Koffern wurden so viele der Rüben verpackt, wie man nur irgendwie davon schleppen oder hinter sich her ziehen konnte.

Auch Lore hatte davon erfahren. Sie hatte den kleinen Schlitten mitgenommen und sich einen Bettbezug so voller Rüben gepackt, dass dieser fast zu platzen drohte. Auf dem Heimweg hatte die junge Frau dabei alle Mühe, ihre Beute vor den anderen hungrigen Menschen zu verteidigen und den Schlitten nach Hause zu schleifen. Unterwegs musste sie sich kurz in einem kleinen Garten verstecken, da die LKWs mit den Wachen an ihr vorbei zur Unfallstelle sausten und dort versuchten die Menschen auseinander zu treiben. Auch Schüsse hörte Lore hinter sich.

Noch schneller lief sie mit dem Schlitten und brach zu Hause erschöpft zusammen, als sie die Rüben im Hausflur hatte. Danach brauchte sie eine ganze Weile, bis sie sich von dem schnellen Lauf wieder erholt hatte, aber das Essen war erst einmal gesichert. Es musste etwa ein Zentner der Feldfrüchte sein, die sie erbeutet hatte und die sie nun sorgsam im Haus versteckte. Man konnte ja nie wissen, ob nicht eine Razzia zur Auffindung der verloren gegangenen Rüben durchgeführt wurde.

Von diesem Moment an gab es jeden Tag Rüben in jeglicher Form der Zubereitung. Als Suppe, geschnitzelt als Brei, gebraten und gekocht. Nach ein paar Tagen konnte man die Rüben zwar nicht mehr sehen, ohne das ein Würgereiz den Hals zuschnürte, aber es gab nichts anderes, was man essen konnte. Und es war besser, sich die Rüben in den Magen zu zwingen, als zu verhungern.

Und als ob das nicht schon reichen würde, wurde auch die Kälte immer schlimmer und in der Stadt wurden notgedrungen ein paar Wärmeräume eingerichtet, in denen man sich aufhalten konnte. In diesen Räumen wurden auch Kohlen verfeuert, die die Soldaten dorthin brachten.

Selbst die Kälte gewohnten russischen Soldaten standen mit dicken Mänteln vor der Kommandantur und hatten in einem alten Ölfass ein Feuer gemacht, um sich dort daran zu wärmen. Es rußte sehr stark, denn vermutlich verbrannten sie dort ölgetränkte Lappen. Die Hauptsache war aber die Wärme, die dieses Fass spendete. In dieser Zeit wurde auch kein Markt durchgeführt, denn es gab sowieso nichts zu verkaufen. Nur der Schwarzmarkt blühte und warf nun sicher immense Gewinne für die Händler mit der Not ab.

In allen Häusern wurde das Heizmaterial knapp. Alle Bäume waren schon lange im Ofen verschwunden, und wer konnte, der hielt sich deshalb in der Wärmestube auf. Dort wurde auch noch zur Ablenkung gesungen, gehäkelt und gelacht. Nur die Rüben konnte man da eben nicht mit hinnehmen. Die Soldaten hätten einen sicher sofort verhaftet.

Um es warm zu haben und auch noch dort essen zu können, blieb nur übrig, eine private Wärmestube einzurichten. Nur womit? Holz gab es schon lange nicht mehr. Im Park stand kein Baum mehr und hinter dem Haus, im Garten, ragten von den drei Bäumen nur noch die Stümpfe aus dem Boden hervor. Es blieb eben nur, es als Gemeinschaft durchhalten zu wollen. Warum es nun gerade Lores Haus getroffen hatte, das wusste später keine der Frauen mehr, aber aus den anderen Häusern in der ganzen Straße kamen die Frauen nun zu Lore in die Stube und hielten sich dort auf.

Im Laufe des Winters wurde jedes Stück Holz, welches sich in ihrem Haus und in denen der anderen Frauen finden ließ, verheizt. Auch unnötige Möbelstücke wurden zerkleinert und fanden so ihren Weg in den Kachelofen.

Am Anfang war der Winter für die Kinder noch aufregend gewesen. Sie konnten durch den Schnee toben, Schlitten fahren und eine Schneeballschlacht machen, doch das Toben im Schnee machte hungrig und da gab es ja nichts zu essen. Nur Rüben! Wochenlang waren die Temperaturen bei bis zu -20 °C. Wasserleitungen froren ein und Lore musste Schnee auf dem Ofen auftauen.

Wenn sie wirklich mal hinaus musste, dann zog sie sich drei Mäntel übereinander und die Toilette im Hof war durch die Kälte nicht benutzbar. Die Frau wäre sicher mit dem Hintern darauf fest gefroren. Ganz zu schweigen davon, dass sie den Mantel hätte ausziehen müssen. Ein Eimer im Flur musste daher für die Notdurft reichen.

Regina lebte jetzt bei Lore in der unteren Wohnung, denn in ihrer war Eis an der Innenwand der Stube. Lore hatte den Wasserhaupthahn abgedreht und alle Hähne aufgedreht. So würden wenigstens die Leitungen in ihrem Haus nicht platzen. Woher sie das gewusst hatte, das wusste sie nicht, aber vermutlich hatte sie einfach instinktiv das Richtige getan. Nachts kuschelte sie sich mit

114

Regina und Erika auf dem Sofa zusammen, denn die Stube war der einzig warme Raum im ganzen Haus für fast vier Monate.

Erst im März ließ die Kälte nach und der Schnee schmolz. Jetzt konnte man auch das ganze Ausmaß des Leidens erst so richtig erfassen. Mehr als tausend Menschen waren in der Stadt in diesem Winter gestorben. Erfroren oder verhungert! Sie hatten den Krieg überlebt und waren im Frieden gestorben. Alte, Kranke und Kinder waren die Opfer einer unbarmherzigen Natur geworden. Allerdings war dieser Winter nicht nur in Deutschland so schlimm gewesen, sondern überall in Europa.

Die Nachrichten davon kamen mit den Zeitungen zu ihnen und wenn schon in ihrer Stadt jeder zehnte Einwohner gestorben war, so war das vermutlich in ganz Europa so gewesen. Doch auch mit dem Beginn des Frühlings herrschte weiter der Hunger in ihrem Land. Erst nachdem wieder einige Grünpflanzen gewachsen waren, da wurde es besser. Die Rationen blieben jedoch trotzdem viel zu klein.

19. Kapitel

Ein zerlumpter Held

Der Zug ratterte durch das weite Land. Fast auf den Tag genau vor fünf Jahren war Karl in Gefangenschaft gegangen und nun war er frei. Dieser Zug sollte ihn zurück nach Deutschland bringen. Er war schon mehr als zwei Wochen unterwegs und immer noch weit von seiner Heimat entfernt. Tagelang waren sie durch eintönigen Wald gefahren und jetzt schon mehrere Tage durch öde Steppe. Er wusste nicht mehr, wo er sich befand, aber es ging nach Westen!

Jeder Kilometer brachte ihn seiner Frau näher. Der Mann schaute nach vorn und sah durch den Rauch der schweren russischen Dampflok hindurch. Manchmal hielten sie irgendwo an einer Haltestelle, an der meist nur zwei Häuser standen, um Kohle und Wasser zu tanken. Auch etwas Brot wurde in den Güterwagen hereingereicht. Nur Brot, sonst nichts. Wasser holten sie sich Eimerweise von der Tankstelle der Lok.

In diesem Wagen saßen zwanzig Männer auf Stroh und der Zug hatte zehn Anhänger. Also fuhren zweihundert ehemalige Gefangene hier in die Freiheit. Manchmal hörte man alte deutsche Volkslieder aus den offen stehenden Türen. Irgendwann hatte er jegliches Zeitgefühl verloren und mit einem Mal waren die Schilder an den Bahnhöfen nicht mehr in Russisch, sondern in Polnisch.

Eines Tages blieb die Lok irgendwo in Polen mit einem Knall stehen und überall war Dampf und Rauch. Der Kessel der schweren Dampflok war geplatzt und der Lokführer erklärte in einem Gemisch aus deutsch und russisch, dass es sicher zwei Wochen dauern würde, bis eine neue Lok kommen würde. So lange wollten die meisten Männer aber nicht warten und so machten sich kleine Gruppen von ehemaligen Soldaten auf den Weg zu Fuß nach Westen.

Karl lief in der Mitte des Weges alleine. In Gedanken versunken folgte er der Straße, bis er endlich in Görlitz angekommen war. Auf seinem Weg hatte er nachts im Straßengraben geschlafen, denn zum Glück war ja Sommer und da konnte man im Freien bleiben. Vor den Menschen in Polen hatte er sich lieber versteckt, den viele waren den ehemaligen Soldaten feindselig gegenüber getreten und mancher freigelassene Gefangene hatte seinen Weg nach Westen mit dem Leben bezahlt.

Weiter führte ihn nun sein Pfad durch Sachsen und manchmal badete er in kleinen Teichen oder Bächen. Am Straßenrand standen mitunter die geschwärzten Kästen von zerstörten Panzern. Mit jedem Schritt kam er der Heimatstadt immer näher. Nun brauchte er sich aber nicht mehr zu verstecken.

🛀 ❤ ۘ

Lore hatte seit Januar wieder Arbeit. Sie nähte Kleider in einer Fabrik und dafür gab es Geld, auch wenn man für diese Geldscheine noch nicht wirklich viel in den Läden und auf dem Markt bekam, aber es reichte zum Überleben. Für Erika hatte sie einen Platz im Kindergarten des Betriebes gefunden. Dort konnte sie früh das Kind abgeben, abends wieder mit nach Hause nehmen und auch in den Pausen besuchen. So war sie der Tochter immer nah.

Eines Abends traf sie auf der Straße einen zerlumpten, bärtigen Soldaten. Mit einem Schrei stürzte sie sich auf ihn und umarmte ihn. Erika sah den Mann verwundert an. „Mama, wer ist das?", fragte die Tochter. „Dein Vater!", antwortete Lore mit Tränen in den Augen, doch die Tochter blieb stehen und schob sich fast hinter sie. Karl kniete sich hin und sah die Tochter an. „Als ich gegangen bin, da warst du gerade mal drei Monate alt. Und jetzt?", fragte er. „Sechs Jahre wird sie im nächsten Monat", setzte Lore erklärend hinzu. „Sechs Jahre!", stieß Karl aus und umarmte das Kind.

Gemeinsam gingen sie in das Haus. „Willst du ein Bad nehmen?", fragte Lore und Karl nickte. Schnell wurde der Ofen angeheizt und Karl zog sich aus. „Kann ich die Lumpen verbrennen?", fragte Lore und hob die Sachen auf. „Ja! Alles, bis auf meinen Entlassungsschein", antwortete der Mann und zog den Zettel aus der Jackentasche. Das Wasser wurde eingelassen und der Mann setzte sich in die Wanne. Er hatte Tränen in den Augen und Lore rasierte ihn vorsichtig.

Mit einem Handtuch rieb sie ihn danach trocken und gab ihm saubere Sachen. „Du bist mein Held!", sagte sie und auf seinen zweifelnden Blick hin erklärte sie „Ein Held ist nicht der, der sich opfert. Ein Held ist der, der zurückkommt und für seine Familie sorgen kann!" Die Beiden küssten sich und Erika schaute um die Ecke des Bades auf den ihr sicherlich immer noch fremden Mann. Lore sah den Zweifel im Gesicht der Tochter, doch jetzt hatte er wieder Ähnlichkeit mit dem Foto, das die Mutter der Tochter immer gezeigt hatte.

Zum Abendessen brachte Lore einen Ring geräucherte Wurst aus der Speisekammer. Selbst Erika macht große Augen. „Ich habe sie für einen besonderen Moment aufgehoben und einen besseren kann ich mir nicht vorstellen", erklärte die Frau. Die drei genossen die Wurst mit frischem Brot.

Viel später legte Lore Erika in das Bett und die beiden Erwachsenen blieben in der Stube auf dem Sofa. Sie saßen einfach nur da und sahen sich in die Augen. Sechs Jahre! Obwohl beide nacheinander ausgehungert waren, blieb es beim Streicheln und Küssen. Einfach nur beisammen sein! Das war jetzt das Wichtigste. Die zärtlichen Blicke und die Nähe des anderen. Alles war vergessen, all die Jahre des Leides. Nie wieder würden sie über die vergangenen sechs Jahre reden. Was zählte, das war das Hier und Jetzt.

Kein Wort würde je über ihre Lippen kommen. Weder über die Demütigung in der Kommandantur, noch über die Gewalt im Gefangenenlager. Alles war nun anders. Sie lagen nebeneinander und schauten sich nur einfach an. Schließlich kuschelten sie sich in Unterwäsche unter die Decke und hielten sich bis zum Morgen gegenseitig im Arm.

Als die Sonne aufging, stand Lore auf und zog, beide waren sie noch in Unterwäsche, ihren Mann in den Hof. Dort öffnete sie den Schuppen und zog einen Stapel Lumpen zur Seite. Darunter kam ein Rad zum Vorschein. „Mein Motorrad!", rief Karl erfreut. „Wenn das noch funktioniert, dann fahren wir am Sonntag mal weg!", setzte er fort. „Wohin?", fragte Lore. „Dorthin, wo wir uns das erste Mal getroffen haben!" „In das Strandbad in Siebenlehn?", fragte die Frau nach. „Ja", setzte Karl hinzu.

Lore fiel ihm um den Hals und sie küssten sich. Sie hatte dieses Motorrad über all die Zeit der Not behalten. Es war einfach zu groß gewesen, um es auf dem Schwarzmarkt zu verkaufen und das war nun sein Glück.

ಐ ♥ ಜ

Noch in Unterwäsche räumte Karl die Lumpen zur Seite und zog das Motorrad aus dem Schuppen in den Hof. Mehr als acht Jahre hatte es da drin gestanden. Er fuhr mit der Hand über den Sattel und dachte daran, wie Lore in jener eiskalten Nacht dort darauf gesessen hatte. Ein Lächeln zog um seinen Mund. Die Frau hatte all die Jahre auf ihn gewartet. Damals, vor unendlich langen Jahren, hatten sie sich nur drei Wochen gehabt. Seit dem war er von ihr getrennt gewesen, aber beide waren sich treu geblieben. Karl hatte Tränen in den Augen. Tränen der Freude über diese Frau. Er hatte es all die Jahre gewusst, dass sie die Richtige gewesen war.

ಐ ♥ ಜ

Die Frau hatte inzwischen das Kind geweckt und für den Kindergarten fertig gemacht. Angezogen stand sie, mit Erika an der Hand, im Hof und schaute auf den Mann, der wie ein kleiner Junge glücklich um das Motorrad hüpfte. Mutter und Tochter schauten sich an und schüttelten beide den Kopf. Dann verabschiedeten sich die drei und Lore ging mit der Tochter an der Hand zu ihrer Arbeit.

20. Kapitel

Kommunisten und solche, die es sein wollen

Ein paar Stunden hatte er in der langen Unterhose im Hof gestanden und das Motorrad gesäubert, dann fiel ihm ein, dass er sich ja wieder anmelden musste, denn nur so würde er für sich die begehrten Wertmarken erhalten, mit denen Lore dann in der Ausgabestelle auch für ihn die zugeteilten Rationen erhalten konnte. Er suchte im Schrank einen Anzug heraus und machte sich auf den Weg zum Rathaus. Den Entlassungsschein hatte er sorgsam in der Tasche verstaut, denn dieser war sein wichtigstes Dokument. Ohne dieses, in Russisch beschriebene, Blatt Papier gab es nichts für ihn. Weder Arbeit, noch Nahrung.

Genau diesen Zettel zeigte er auch als Erstes dem Wachsoldaten an der Rathaustür. Aufmerksam las der Rotarmist das Dokument und zeigte dann durch die hinter ihm offenstehende Tür auf ein Schild, auf dem „Registratur" stand. Dort würde Karl einen Ausweis erhalten und sicher auch die begehrten Wertkarten. Er betrat den großen Vorraum und schaute sich um. Von hier aus gingen viele Türen ab und eine Treppe führte nach oben. Dort würde sicher die Verwaltung sitzen und an der anderen Seite des Raumes ging es zur Ausgabestelle der Rationen. Aber soweit war er ja noch nicht. Zuerst benötigte er die entsprechenden Formulare. Der Mann klopfte und trat ein, ohne auf eine Antwort zu warten.

In dem halbdunklen Raum saß ein älterer Mann, so wie man sich einen alten Beamten vorstellte. Selbst die Ärmelschoner hatte er an. Ein Stapel von Ordnern türmte sich auf seinem Schreibtisch und man musste aufpassen, dass der schiefe Stapel nicht in den Raum fiel. Der Mann sah auf und klappte einen seiner Ordner, in den er gerade etwas eingetragen hatte, geräuschvoll zu. Zum Glück lege er diesen separat, denn hätte er ihn auf den anderen Stapel gelegt, so hätte dieser Stapel sicher nicht mehr aufrecht gestanden. Der Mann sah verärgert aus, da Karl ja nicht auf seine Antwort gewartet hatte. Es roch nach Kaffee in dem Raum, nach richtigem Kaffee und nicht nach dem, was Lore ihm am Morgen in die Tasse gefüllt hatte und sie hätte bestimmt das letzte Krümelchen Kaffee hervorgekramt, wenn sie nur noch etwas davon gehabt hätte.

Aber es war sicher nicht schlecht, wenn man praktisch an der Quelle saß und dafür zuständig war, die knappen Mengen zu verteilen. Und nun folgte, was folgen musste: Karl war wegen des Kaffeeduftes und der Beamte wegen der Störung durch Karl auf 100. Eine Konfrontation war fast unausweichlich.

Noch hielt sich Karl zurück, doch mit funkelnden Augen sahen sich die beiden Männer an. „Was wollen sie?", blaffte der alte Beamte Karl an und der fuhr ihn in demselben Tonfall an „Mein Recht, das will ich haben!" Der damit unvermeidbare verbale Schlagabtausch begann und schon bald wurde es in dem Zimmer so laut, das der Posten hereinkam und mit der Maschinenpistole in der Hand in der Tür stehen blieb. Angesichts der auf sich gerichteten Waffe wurde Karl wieder ruhig, doch auch der Beamte sah nun offensichtlich ein, dass man so nicht weiter kommen konnte.

Karl sagte „Fangen wir noch mal an. Ich bin Karl, gerade aus dem Lager entlassen und ich brauche Ausweis und Wertmarken!" Der Beamte war nun froh, dass er so glimpflich aus der Sache heraus kam, obwohl es für ihn doch ein leichtes gewesen wäre, Karl durch den Posten aus dem Zimmer werfen zu lassen. Anscheinend gab es da ein kleines Geheimnis und Karl musste es nur noch ergründen. Der Posten ging, die Tür schlug zu und da fiel es Karl ein. Dieser alte Mann hatte schon vor dem Krieg hier gearbeitet.

Man hatte ihn also einfach so übernommen, doch nun stand eine sowjetische Fahne auf dem Tisch und ein Bild von Stalin hing an der Wand hinter ihm.

Als Karl seine Dokumente hatte, stand er auf und zeigte auf das Bild „Als ich sie das letzte Mal getroffen habe, da hing hinter ihnen noch ein anderes Bild und sie hatten ein anderes Parteiabzeichen an ihrer Jacke!" Dabei zeigte er auf den roten Stern am Kragen des alten Mannes. Der Mann lief rot an, wurde ganz kleinlaut und versuchte Karl irgendwie zur Ruhe zu bringen. Hastig kramte er eine weitere Wertmarke hervor und drückte diese Karl in die Hand. „Wegen der alten Zeiten", sagte der Verwaltungsbeamte fast entschuldigend. Karl sah den bunten Zettel an. Es war eine Kaffeemarke und mit dieser bekam Karl an der Ausgabe ein Kilo richtigen Kaffee.

Als Karl auf dem Heimweg war, dachte er über dieses Gespräch nach. Im Lager war er der Einzige gewesen, der sich für die Russen eingesetzt hatte. Dafür hatte er gelitten, aber er hatte es genau so empfunden. Hier, in der Heimat, hatten anscheinend viele Menschen einfach nach dem Krieg die Seiten gewechselt und waren danach im Staatsdienst geblieben. Nun nannten sie sich alle Kommunisten und doch waren sie immer noch Mitläufer. So wie damals!

Vermutlich wussten die meisten noch nicht mal, was das war: Kommunismus! Aber man machte kräftig mit, weil man dadurch vielleicht einen Kaffee mehr trinken konnte oder eine Wurst zusätzlich erhielt.

Am Abend kochte er für seine Lore einen guten Kaffee und erzählte ihr von seiner Erfahrung auf der Kommandantur. Auch die

Frau hatte schon die Erfahrung gemacht, dass die ehemaligen Parteimitglieder der NSDAP nun auf einmal die glühendsten Kommunisten sein wollten. Konnte das eigentlich sein? Noch vor ein paar Jahren hatten sie alle KPD Mitglieder verfolgt und einige hatte sicher auch auf diese geschossen und nun wollten sie alle davon nichts mehr wissen. Jetzt waren sie mit einem Mal, praktisch über Nacht, selbst die, die sie früher verfolgt hatten! Nachdem Erika in ihr Bett gegangen war, da setzten sich die Beiden an den Tisch und fragten sich, wie viele es wohl genau so gemacht hatten.

Mit wachen Augen gingen Lore und Karl ab diesem Tag durch die Stadt. Vermutlich war nur einer von zehn Menschen, die sich nun Kommunisten nannten und mit roten Armbinden oder Fahnen auf den Straßen bewegten, wirklich einer, der für diese Sache mit Herz und Hand einstand. Die Anderen versuchten nur, so zu tun und sich bei der Täuschung nicht erwischen zu lassen.

Mitunter schüttelte Karl den Kopf, wen er da so auf den Straßen sah. Lore hatte es da schwerere, sie kannte die Menschen hier ja nicht aus der Zeit vor dem Krieg. Aber auch sie zweifelte zuweilen an der Ehrlichkeit ihrer Mitmenschen. Einige hatten noch vor kurzem auf dem Schwarzmarkt gehandelt und nun waren sie die größten Gegner des Schwarzmarktes, der sie doch reich gemacht hatte.

21. Kapitel

Nähen und Drehen

Der Krieg war nun schon fünf Jahre vorbei und endlich wurde auch die Versorgung wieder besser. Karl hatte in der Nachbarstadt eine Anstellung in einer Fabrik gefunden und arbeitete dort in einer Dreherei. Jeden Tag fuhr er mit dem Motorrad dort hin. Lore hatte ihre Arbeit immer noch in der Bekleidungsfabrik und Erika ging mittlerweile in die Schule. Eine kleine Familie, wie es sicherlich viele in dem Land gab. Mit dem Geld, das Lore und Karl verdienten, konnten sie sich jetzt auch wirklich etwas kaufen.

Es gab nun auch nicht mehr die bisher immer noch gültigen alten Scheine mit den Werteaufklebern, sondern richtiges, neues Geld. Seit ein paar Monaten gab es jetzt auch schon die DDR, wodurch das Geld damit eigentlich „Mark der DDR" heißen könnte, aber es hieß Deutsche Mark der Deutschen Notenbank und nicht mehr Reichsmark. Allerdings war dieses Geld nur in der sowjetischen Zone gültig. Auch die alten Wertemarken gab es nicht mehr. Bis vor kurzem mussten sie diese noch überall vorweisen, doch nun reichte das Geld an sich vollkommen aus, um sich davon etwas zu Essen kaufen zu können.

Am Wochenende sausten die Eheleute immer mit dem Motorrad in der Gegend umher. Im Sommer fuhren sie baden und sonst machten sie nun kleine Touren. Auf ihrem Motorrad fühlten sie sich frei. Erika war dann meist bei der Nachbarin im Haus gegenüber. Diese Frau kam aus Dresden, war dort ausgebombt worden, und hatte eine Tochter, Annemarie, die ein Jahr jünger war, wie Erika. Annemarie und Erika hatten sich angefreundet.

Die beiden Kinder waren in einer Schule, aber in unterschiedlichen Klassen, trotzdem waren die beiden Mädchen fast jede freie Minute zusammen und praktisch unzertrennlich. Annemaries Vater war noch in Gefangenschaft und die Tochter hatte der Mann noch nie gesehen, denn er war einen Monat vor Annemaries Geburt in den Krieg gezogen und danach nicht noch einmal heim gekommen, bis er 1944 in Gefangenschaft geraten war. Aber die Mutter von Annemarie versuchte für sie stark zu sein.

Gelegentlich fuhren die beiden Eheleute mit dem Motorrad auch bis nach Bayern. Früher war Karl oft dort gewesen, doch nun war das eine Fahrt in ein fremdes Land, denn dort standen die Amerikaner an der Grenze und kontrollierten. Auch das Geld, das die beiden hatten, war da nichts wert. Sie mussten es immer erst aufwendig umtauschen.

Das Land hinter der Grenze war ein vollkommen anderes. Dort wurde schon lange nichts mehr als Reparation an die Besatzer abgegeben, wie es bei ihnen immer noch war. Daher waren die Menschen in dem Land auch viel reicher und die Amerikaner unterstützen das Land beim Wiederaufbau. In ihrer Heimat, in Sachsen, wurde immer noch fast alles in Richtung Osten abgegeben. Bedingt durch den Krieg war in der Sowjetunion vieles zerstört worden, und dafür musste das Land nun zahlen. Die Sachsen mussten dafür bezahlen und immer wieder dachte Lore daran, dass die schönen Pullover, die sie im Werk herstellte, fast alle in den Osten gingen. In den Läden in ihrer Stadt war davon nichts zu kaufen!

Umso mehr war Lore von den vollen Schaufenstern in Bayern beeindruckt. Dort gab es alles im Überfluss und man brauchte kein Glück dafür, um auch mal einen Schinken „erbeuten" zu können. Die elegantesten Kleider hingen in den Auslagen der Läden und

Lore ließ sich darin alles zeigen, auch wenn sie kein Geld dafür hatte. Aber die Schnitte der Kleidung konnte sie abends auf ihrer Nähmaschine nachmachen und somit für die Freundinnen und deren Kinder ebensolche Kleider schaffen.

Irgendwie fand es Lore ungerecht, dass es in Bayern alles gab und bei ihnen fast nichts. Da sie nur wenig Geld hatten, wanderten auf ihren Motorradtouren dann eben nur ein paar kleine Dinge in den Rucksack. Zigaretten, Wurst, Schinken oder auch mal ein Spielzeug für Erika und die Tochter konnte es immer kaum erwarten, dass die Eltern von solch einer längeren Tour spät am Abend wieder zurückkamen.

Die paar kleinen Dinge in Lores Rucksack gingen, ohne Zoll zu zahlen, mit über die Grenze. Allerdings gab es eben auch Schmuggler, die über die grüne Grenze zogen und mit Unmengen von Waren wieder ins Land kamen. Deshalb waren nun auf beiden Seiten die Zollbeamten auf der Jagd nach denen, die sich mit dem Gang über die grüne Grenze bereichern wollten.

Diese Verfolgung war an manchen Orten besonders schwer, da durch die Teilung in die entsprechenden Zonen die eine Hälfte des Ortes in Bayern und die andere in Thüringen lag. Der Sprung über einen nicht mal einen Meter breiten Bach sorgte dafür, dass der jeweilige Zoll unverrichteter Dinge hinterherschauen musste. All dies erfuhren die beiden nun aus den Gesprächen der Männer in den Schänken der Grenzdörfer.

Mitunter saßen Lore und Karl an einem Tisch, wenn sie wieder mal unterwegs waren, und hörte den Männern beim Mittag zu. Dann brüsteten sich oftmals die meist jungen Männer mit ihrer Schläue, denn auf der jeweiligen Seite konnte ihnen der Zoll ja nichts anhaben. Nur im Bereich des unmittelbaren Grenzübertrittes war es für sie gefährlich. Im jeweiligen Hinterland konnte man danach mit sich herumtragen, was man wollte.

Das große Wohlstandsgefälle sorgte dafür, dass die Geschäfte der Schmuggler funktionierten. Der Abstand zwischen Arm und Reich war manchmal nur einen schmalen Grenzbach breit. Wer bereit war, das Risiko einzugehen, dem winkten hohe Gewinne. Aber der Zoll konnte auch auf die Schmuggler schießen und so mancher bezahlte den Grenzübertritt mit seinem Leben.

ဆ ♥ ଔ

Sie beide arbeiteten lieber ehrlich. Das war zwar mühevoller, aber dafür ungefährlicher. Karl stellte in seiner Dreherei Teile für KFZ Motoren her, die bei Traktoren zur Verwendung kamen. Ein Teil davon wurde in die Sowjetunion verfrachtet, aber ein kleiner Teil blieb auch in der DDR und sorgte damit dafür, dass in den Maschinen- und Traktorenstationen, die kurz MTS genannt wurden, landwirtschaftliche Geräte für die Bauern zur Verfügung standen.

Mit diesen Geräten und Maschinen konnten dann die Bauern von ihren zugeteilten Feldern viel größere Ernten einbringen. Die Maschinen konnten sie sich mieten und mussten sich nicht einen Traktor kaufen, den sie dann nur eine Woche im Jahr brauchten. „Eine gute Idee", dachte sich Karl und er war sehr stolz, dass er mit seiner Arbeit dazu beitrug, dass dies gehen konnte und natürlich auch, dass seine Traktorenteile einen Teil der zerstörten Felder in Russland wieder urbar machen konnten. Es war für ihn ein Teil der Wiedergutmachung. Das Feld, das die Panzerketten seiner Abteilung zerstört hatten, das wurde mit Traktorreifen wieder bestellbar gemacht.

ᛞ ♥ ᛢ

Lore hingegen hatte sehr viel Freude an ihrer Näherei in der Textilfabrik. Sie konnte auch neue Modelle entwerfen, die dann manchmal auch zu einer kleinen Modenschau auf dem Marktplatz gezeigt wurden. Zwar war mitunter der Stoff in der Fabrik knapp und es gab oft auch nicht so schöne Farben, aber Lore versuchte die Kleidungsstücke so gut es ging zu nähen und zu entwerfen.

Gelegentlich waren auch Kleidungsstücke für Kinder dabei und dann war Erika als Mannequin bei der Modenschau gefragt. Zusammen mit anderen Mädchen aus der Klasse trug sie dann voller Stolz die Stücke, die ihre Mutter entworfen hatte.

22. Kapitel

Anpassung?

Seit zehn Jahren waren sie nun verheiratet. Zumindest in der Theorie und auf dem Papier. Durch Krieg und Gefangenschaft waren es praktisch aber nur vier. Im Sommer 1952 kam Lore auf den Gedanken, die, wegen der Kriegszeiten, nicht ganz so tolle Hochzeit nun im Frieden nachzuholen. Sie hatte eine ganze Weile gebraucht, bis sie Karl dann endlich doch noch von der Idee überzeugt hatte. Nun ging es an die Vorbereitung der Hochzeit und ihre gute Stimmung setzte sich langsam in der Familie durch. Als Erstes musste sie sich Stoff für das Brautkleid besorgen. Diesmal wollte sie ein besonders schönes Kleid und da sie schon viele Erfahrungen mit dem Nähen gemacht hatte, beschloss sie, es selbst zu fertigen.

Die Beschaffung des Stoffes war schon eine Herausforderung. Nirgendwo erhielt sie die gewünschte Menge von ein und demselben weißen Stoff. Immer nur Stücken von maximal einem Meter. Es war fast zum Verzweifeln, aber schließlich kaufte sie in fünf verschiedenen Läden alles auf, was diese an weißem Stoff am Lager hatten. Danach ging Lore daran, alle Stoffstücken so zusammenzusetzen, dass die Muster ein gefälliges Bild ergeben würden. Ein Stück Gardine wurde als Schleier eingearbeitet und als es fertig war, wurde dieses Kleid sorgfältig vor Karl versteckt. Dann ging es daran, aus den Resten ein Kleid für Erika zu schneidern. Eigentlich war sie ja als Blumenmädchen schon zu groß, aber sie wollte diese Aufgabe bei der Hochzeit gern übernehmen.

Als auch das geschafft war, musste Lore sich auf die Suche nach schwarzem Stoff für den Anzug von Karl machen. Bei dieser Farbe hatte sie aber kaum Probleme und Mitte November waren die Kleidungsstücke fertig. Nun fehlten nur noch die Einladungen für die Schwester und Susanne. Anschließend ging es um die Beschaffung des Essens, denn es sollte natürlich auch etwas Besonderes zur Feier geben und das übernahm Karl.

Der Mann fand einen Bauern, bei dem er ein Schwein kaufen und auch schlachten konnte und mit der Wurst und dem Fleisch reichlich bepackt kehrte er am Abend wieder zurück in das Haus. Erika machte große Augen, als der Vater die Gläser und Würste auspackte. So eine Menge an Fleisch hatte sie in ihrem Leben noch nie auf einem Haufen gesehen. „Ich werde mal in einer Fleischerei arbeiten!", rief sie aus und biss in eine der Würste.

Da sie ja schon verheiratet waren, fielen auch alle bürokratischen Sachen fort, sie mussten nur noch mit dem Pfarrer einen Termin finden und dann die Kirche entsprechend schmücken. So kamen sie mit dem Mann überein, dass die Trauung mit dem 4. Advent zusammenfallen sollte. Das war so fast das Datum der Trauung zehn Jahre zuvor gewesen.

Die Schwester kam mit Mann und Sohn einen Tag vorher und Susanne am Tag der Trauung. Alle saßen in der Frühe um den Tisch und begannen den Tag mit herzhafter Leberwurst, bei der alle kräftig zulangten, denn die Jahre des Hungers waren noch nicht so lange vorbei. Anschließend half Hildegard Lore in das Kleid und Karl zog sich den Anzug an. Im Flur standen sie sich dann in Schwarz und Weiß gegenüber.

Lore war eine bildhübsche Braut und alles sah so aus, wie sie es sich in den Kindertagen für ihre Märchenhochzeit gewünscht hatte. Gemeinsam führte sie ihr Weg zu der Kirche, die nur fünfhundert Meter entfernt war, und dort setzten sie sich in die erste

Reihe. Nach der Adventspredigt bat der Pfarrer sie nach vorn und segnete sie. Erika streute Blumen auf dem Weg vor ihnen, als sie die Kirche danach wieder verließen.

Draußen auf dem Markt war zur selben Zeit eine Versammlung der Arbeiter und nun trafen irgendwie zwei Welten aufeinander. Die Gäste aus der Kirche und die Arbeiter auf dem Markt.

Es entsprang ein Wortwechsel zwischen Karl und dem Anführer der Demonstration, bei der es mehr um den Kampf für den Sozialismus, als um den Glauben ging. Beinahe wäre es zu einer Rauferei ausgeartet, bis Karl mit einem Machtwort dazu Stellung nahm, dass man Kommunist und gläubiger Mensch in einem sein konnte. Damit ließ er die verdutzt dreinblickenden Arbeiter einfach stehen und ging mit seiner Frau am Arm vom Marktplatz.

Lore war furchtbar stolz auf ihren Mann, der seine Haltung gut verteidigt hatte. Viel zu oft hatte Karl klein beigeben müssen, doch das war nun für ihn vorbei. Er würde nie wieder irgendwo zurückstecken, nur weil andere das so von ihm wollten.

Zu Hause wurde ein frisch gebackener Stollen angeschnitten. Der passte besser in die Jahreszeit, als eine Hochzeitstorte und auch dabei langte jeder gern zu. Die Feier ging bis tief in die Nacht und alle fielen glücklich und satt, wie lange nicht mehr, in ihre Betten. Erika erzählte am nächsten Morgen von ihrem Traum: ganz viele Würste waren da an ihr vorbei gelaufen.

❧ ♥ ☙

Am nächsten Arbeitstag machte sich Karl wieder auf den Weg zu seiner Fabrik. Da er im Winter nicht mit dem Motorrad fahren konnte, benutzte er den alten, klapprigen Bus, der vom Markt aus in die Nachbarstadt fuhr. An diesem Tag saß der Anführer der Demonstration zwei Reihen hinter ihm und versuchte erneut mit ihm ein Streitgespräch zu führen, doch Karl drehte sich zu ihm um und schaute ihm lange schweigend in die Augen. Anschließend erzählte er dann laut von Sibirien und seiner Hilfe für die Männer dort, vom Nationalkomitee „Freies Deutschland" und von seiner Arbeit, die er jetzt machte.

Der andere Mann wurde ziemlich kleinlaut bei der Beschreibung und verstummte schließlich. Sicher hatte er nicht erwartet, dass Karl in einer Fabrik arbeitete. Karl drehte sich um und dachte dabei, dass das auch wieder nur so ein Möchtegern Kommunist war. Immer mit dem Maul vornweg, aber nur selten etwas Handfestes dahinter. Während Karl seinen Weg zur Fabrik einschlug, ging der andere Mann zu einer Verwaltung und verschwand hinter einer der Türen. Karl nickte, denn er hatte den anderen schon richtig eingeschätzt. Früher hatten sie gesagt „Wasser predigen und Wein trinken!" An solche Leute würde er sich wohl nie gewöhnen. Und sich auch nie anpassen! Da konnten sie versuchen ihn zu bedrängen oder ihn zu überzeugen, aber er blieb bei seiner Meinung.

Lore sah das sicher ähnlich, auch sie wurde in der Fabrik oft angesprochen und dafür geworden, in die SED einzutreten, doch bisher hatte sie immer erfolgreich abgelehnt. Sie lebten zwar nun beide in diesem Land, aber so richtig konnten sie sich damit nicht abfinden. Und das, obwohl sie doch beide in Fabriken arbeiteten, also zum arbeitenden Proletariat gehörten. Doch die Erfahrungen der vergangenen Jahre hatte sie vorsichtig gemacht.

23. Kapitel

Der Aufstand

Im letzten Jahr war Sachsen in drei Bezirke aufgeteilt worden. Lore und Karl lebten nun praktisch an der Grenze der drei Bezirke. Mit dieser Neueinteilung wurde auch begonnen, die Bauern und kleinen Handwerker irgendwie dazu zu bringen, sich zu großen Gesellschaften unter sozialistischer Leitung zusammenzuschließen. Vielen Menschen gefiel dies gar nicht und so setzen sie sich in den Westen ab. Das verstärkte aber wiederum den Mangel und der fast schon besiegt geglaubte Hunger kam wieder zurück. Schon der letzte Winter war hart gewesen, doch als sich auch im Frühjahr keine Besserung abzeichnete, da begannen viele Arbeiter zu murren. Es bedurfte nur noch eines kleinen Zündfunkens, der dafür sorgen konnte, dass sich der Unmut der Bevölkerung Raum nahm.

Dieser Funken war nun die Erhöhung der Arbeitsnormen. Es war nicht die Schuld der sowieso schwer arbeitenden Menschen, sondern ein Problem der ausufernden Bürokratie! Daher fühlte auch Karl sich ungerecht behandelt. Hatte er sonst auch Verständnis für dieses Land, so war es nun auch für ihn zu viel. Am 17.06.1953 fuhr Karl darum nicht in die Nachbarstadt und auch Lore ging an diesem Mittwoch nicht zu ihrer Arbeit. Alle Betriebe der Stadt stellten ihre Arbeit ein und die Belegschaften trafen sich überall in der Stadt zu kleinen Versammlungen. Auf dem Markt, am Schützenhaus, einer beliebten Ausflugsgaststätte, und an vielen anderen öffentlichen Plätzen begegneten sich die Menschen.

Überall wurde demonstriert. Hitzig wurden Reden geschwungen und manch einer versuchte die Massen aufzuhetzen, doch immer wieder gelang es Karl, mit ein paar besonnen Mitstreitern, beschwichtigend einzugreifen, denn er wollte keine Gewalt und so versuchten sie alles, das dies bei seiner Demonstration am Schützenhaus auch so blieb. Sie wollten keinen Umsturz, sondern etwas zum besseren ändern. Schließlich war dies doch ein Staat der Arbeiter und waren sie nicht alle Arbeiter? Hatten sie damit nicht alle ein Recht darauf, hier besser Leben zu können? Doch schon bald sprach sich herum, dass das Rathaus besetzt und der Bürgermeister abgelöst worden war. Damit würde das Problem sich aber nicht lösen lassen. Nun zogen alle Gruppen zum Markt.

Eine unüberschaubare Menge an Menschen hatte sich dort versammelt. Im Verlaufe des Vormittages gab es auch weiterhin viele Reden und so mancher Redner wurde wieder von der provisorischen Tribüne herab geholt, bevor er noch groß etwas gesagt hatte. Als dann später auch die Schüler der Schule zu den Veranstaltungen kamen und sich meist zu ihren Eltern stellten, da war es fast wie ein großes Volksfest. Noch viel mehr als zuvor versuchte Karl, nun mit Verweis auf die anwesenden Kinder, auf die Menschen einzuwirken.

Schließlich holte er seine Tochter auf die Bühne und versuchte eine kleine Rede zu halten. Es dauerte eine ganze Weile, bis er sich Gehör bei den Menschen verschafft hatte und beginnen konnte. Danach erklärte er seine Meinung und beendete die kurze Rede mit dem Satz „Ich möchte doch nur, dass meine Tochter mal wieder richtige Schokolade essen kann. Nicht dieses Dreckszeug, das es hier so gibt!" Dabei strich er Erika über den Kopf. Instinktiv hatte er den Schwerpunkt für viele getroffen, die ebenfalls mit der Versorgung unzufrieden waren.

Viele nahmen seinen Ruf „Wir wollen Schokolade, keine Vitalade!" auf. Wenig später wurde im Radio bekannt gegeben, dass die höheren Normen wieder herabgesetzt worden waren, aber das änderte nicht viel an der prekären Versorgungslage. Schon jetzt zeichnete sich ab, dass der nächste Winter wieder ein Hungerwinter werden würde.

Den ganzen Tag standen sie dort auf dem Markt, bis aus dem aufgestellten Radio bekannt gegeben wurde, das die Sowjetarmee begonnen hatte, in den Großstädten wie Leipzig und Dresden den Streik blutig niederzuschlagen.

Wo vorher noch verhaltener Jubel wegen der gesenkten Normen zu hören gewesen war, da machte sich nun Entsetzen bei der Gruppe von Menschen breit und führte schließlich dazu, dass sich die Demonstration zerstreute, bevor die ersten LKWs mit Soldaten in der Stadt eintrafen. Bereits am Abend begannen die ersten Razzien in der Ortschaft.

Vereinzelte Rädelsführer wurden schließlich festgenommen und der Bürgermeister wieder eingesetzt. Die Soldaten verhängten eine Ausgangssperre und alle blieben in ihren Häusern. In den folgenden Tagen herrschte die Angst überall. Was würde wohl passieren? Lore drückte sich an ihren Mann und hoffte, dass ihm und ihrer Tochter nichts passieren würde. Um sich selber machte sie sich seltsamerweise keinerlei Gedanken, obwohl sie doch wusste, zu was die Rotarmisten fähig waren.

Im Laufe der nächsten Wochen wurden viele Menschen in der Stadt verhaftet. Oftmals völlig wahllos. Einige kamen für lange Zeit in russische Lager oder in Gefängnisse und von einigen der Verhafteten hatte man nie wieder etwas gehört. Vermutlich hatten sie sich nach der Verbüßung ihrer Strafe in den Westen abgesetzt. Lores kleine Familie blieb davon aber zum Glück verschont.

Der Streik hatte aber insofern auch etwas Gutes gebracht, denn die Versorgungslage begann sich im Laufe dieses Jahres doch noch zu bessern. Es gab wieder genügend Nahrungsmittel in den Geschäften und auch die verhassten Normen wurden, so wie versprochen, wieder auf ein erträgliches Maß gesenkt.

Im Zug der Verhaftungswelle machte sich aber auch Misstrauen breit. Irgendjemand musste die Männer und Frauen ja verraten haben. Jeder verdächtigte jeden und auch die Polizei griff schon bei kleinen Tumulten sofort hart durch. Da die Sowjetarmee immer noch im Land war, bildeten auch ihre Panzer für die Menschen ein Zeichen der Gewalt. Hatten sie bis dahin zumindest für einige noch als Befreier dagestanden, so wandelte sich das nun für fast alle zu einem anderen Bild. Das würde sicher noch eine Weile in den Köpfen der Menschen bleiben.

In den Zeitungen war zu lesen, dass der Aufstand durch den Westen gesteuert gewesen war, aber weder Karl noch Lore hatten irgendetwas von einer Leitung oder Steuerung gesehen. Es war ein spontaner Gedanke von vielen Menschen gewesen. Wie viele es gewesen waren, dass konnte keiner sagen, aber selbst in ihrer kleinen Stadt waren es sicher mehr als zehntausend gewesen. Warum überall im Lande gerade dieser Tag der Auslöser des Unmuts gewesen war, dass konnte sich ebenfalls keiner erklären, aber die Menschen hatten gezeigt, dass sie die Stärke hatten, etwas zu ändern. Das war nun wieder eine Bestärkung für die vielen tausend Arbeiter, denn sie hatten die Macht in ihrer Hand.

Für Lore und Karl ging das Leben einfach so weiter und auch für Erika änderte sich durch den Aufstand nicht viel, außer, dass Karl nun auch ab und zu richtige Schokolade kaufen konnte. Dazu musste er nicht einmal nach Bayern fahren, sondern konnte in die neu eröffneten Verkaufsstellen der HO, der Handelsorganisation der DDR, gehen. Dort gab es viele Dinge, die man in den Läden der kleinen Einzelhändler vergeblich suchte.

ഇ ♥ ഇ

Diese volkseigenen Läden wurden bevorzugt beliefert und vermutlich versuchte der Staat damit, die kleinen Gewerbetreibenden aus dem Geschäft zu drängen. Auch auf Lores Heimweg hatte einer dieser Läden geöffnet und am Zahltag konnte es die Frau gar nicht erwarten, darin schnell ein paar Sachen für die Tochter einzukaufen.

Leider waren viele der anderen Frauen auf denselben Gedanken gekommen. Damit stand man also gemeinsam in der Schlange, wartete, erzählte sich Geschichten und lachte. Bisweilen dauerte es Stunden, bevor man endlich die paar Dinge im Korb hatte, die man brauchte. Aber das Anstehen war auch eine Art von Kommunikation und Erfahrungsaustausch für die vielen Frauen.

24. Kapitel

Entscheidung aus Liebe

Der immer weiter gehende Zusammenschluss der Gesellschaft in der DDR führte dazu, dass immer mehr kleine Handwerker und Händler, die sich nicht zwangsweise in das Kollektiv eingliedern wollten, in den Westen gingen. Auch viele Bauern gaben ihre Höfe auf. Von Karls Verwandten wendeten sich auch die letzten noch verbliebenen nun von der DDR ab und kehrten dem Land für immer den Rücken. In der Flucht über die grüne Grenze konnten sie ja immer noch leicht auf der anderen Seite ein sicher besseres Leben finden. Karl dachte immer wieder daran, ob es nicht vielleicht besser sein würde, mit seiner kleinen Familie den Verwandten dorthin zu folgen.

Bei einer Aussprache mit Lore wollte diese aber Sachsen nicht verlassen. Somit beschloss Karl, sich von seinen Verwandten zu trennen und aus Liebe zu seiner Frau, und zum Land seiner Vorfahren, in der kleinen Stadt an der Mulde zu bleiben. Da er ja ein guter Arbeiter war, hatte er auch keine Repressalien zu erwarten. Schließlich arbeitete er schon in einem volkseigenen Betrieb, genauso wie auch Lore.

Oft saßen sie nun abends oder am Wochenende in dem Garten hinter dem Haus. Die im Krieg gefällten und verheizten Bäume hatten sie wieder angepflanzt und nun konnte man schon im Schatten dieser Bäume sitzen. Erika gefiel das besonders gut und an manchem Sommertag baute sie sich ein Zelt im Garten auf, in dem sie dann mit Annemarie spielte, denn das Haus der Freundin hatte keinen Garten und so trafen sich die beiden Mädchen fast jeden Tag bei Erika.

Mitten im Sommer 1954 machten Karl, Lore und Erika einen Fahrradausflug. Wohin es gehen sollte, das war bei Beginn der Tour noch niemanden klar. Sie folgten einem schmalen Pfad, der am Fluss entlang nach Osten führte. Immer weiter folgten sie diesem Weg und schon bald waren sie in Lores früherem Wohnort, den sie ebenfalls einfach durchfuhren.

ಬಾ ♥ ಶ

Einige Zeit später sah die Frau vor sich das wohlbekannte Strandbad und die kleine Gaststätte, an der sie ihrem Mann das erste Mal gesehen hatte. Lachend zeigte Lore dort hin und Karl nickte. Wenig später saßen sie auf der kleinen Insel im Fluss und sahen den Wellen hinterher, die ein paar von ihnen in das Wasser geworfene Steine verursachten. „Möchtet ihr ein Eis?", fragte Karl. Schon wenig später watete er zum Ufer und ging in die Gaststätte, um das Eis für seine kleine Familie zu holen.

Erika setzte sich daraufhin in das flache Wasser zwischen der Insel und dem Ufer, durch das ihr Vater gerade gegangen war. Somit behielt sie die Tür des Restaurants immer im Blick und wartete auf die frostige Abkühlung, die ihr Karl versprochen hatte.

Lore ließ sich rückwärts in das Gras fallen und schaute zu den Wolken hinauf. Sie dachte an den Tag zurück, an welchem sie Karl das erste Mal hier getroffen hatte. Damals hatte sie, nur etwa einen Kilometer entfernt, auf dem Feld ebenfalls in die Wolken geschaut. So viel war seit diesem fernen Moment passiert. Ihre Gedanken reisten langsam zurück, bis zu jenem Tag und dabei flogen die Bilder vor ihren Augen vorbei. Erika, Karl, Christine, Helmuth, die Eltern. Die Rotarmisten und der Offizier in der

Kommandantur. Bei manchem Bild stiegen Tränen in ihre Augen. Tränen des Schmerzes, aber auch Tränen der Wut.

Schließlich drehte Lore sich zu ihrer Tochter, die nur etwa zehn Meter entfernt im Wasser saß. Ihr Blick ruhte auf dem Kind. Alles würde sie für Erika wieder genauso machen! Bis an ihr Lebensende würde sie die Tochter beschützen. Mit einem zweiten Kind hatte es trotz aller Bemühungen nicht mehr geklappt und Lore hatte da jede Hoffnung aufgegeben. Vielleicht hatte die brutale Gewalt der russischen Soldaten bei der „Befreiung" da zu viel in ihrem Leib zerstört, oder in ihrer Seele. Wer konnte es schon wissen?

Langsam drehte sie sich auf den Rücken zurück und legte die Arme unter den Kopf. In die Sonne blinzelnd lauschte die Frau dem Rauschen des Flusses, bis Karl mit dem Eis in der Hand über ihr auftauchte. Lore richtet sich auf, küsste ihren Mann und nahm ihm das Eis ab.

Das in der Hitze schnell zerlaufende Eis schleckend, saßen die drei nebeneinander und schauten auf den Fluss hinaus. Etwas sehr friedvolles lag über ihnen. Das Glück schien richtig greifbar zu sein und Lore konnte dieses Glück in ihrem Herzen spüren. Das Lachen von Erika löschte jeden Schmerz aus ihrem Herzen und ließ die schrecklichen Bilder verblassen.

Nach einem ausgiebigen Bad und der Rückfahrt mit dem Rad waren sie erst in der Abenddämmerung wieder zu Hause und beim Verstauen des Rades dachte Lore erneut an die vergangene Zeit.

Dabei strich sie der Tochter über den Kopf und dachte „Alles ist gut!" Die Frau verschloss den Schuppen und stand noch einen Moment im Hof. Sie schloss die Augen und spürte die letzten Sonnenstrahlen des Sommertages auf ihrem Gesicht. Von drinnen rief die Tochter nach der Mutter. Lore drehte sich um und schaute ihr hinterher.

Die Bindung zu ihrem Mann und die Liebe zu ihm waren stark, viel stärker war aber Lores Liebe zu ihrer Tochter. „Alles ist gut!", sagte Lore laut. Der alte Kummer war fern. Nur Glück und Liebe durchströmte ihren Körper.

Ende

Zeitliche Einordnung der Handlung:

5800 Steinzeit

- Anfang des Buches „**Schicha und der Clan des Bären**"

- Ende des Buches „**Schicha und der Clan des Bären**"

5500 Steinzeit

2200 Beginn der Bronzezeit

1200 Beginn der Eisenzeit

800 –

800 Beginn des allmählichen Niederganges der Bronzezeit

800 Erste Anfänge und Städtebildungen der etruskischen Kultur

750 Aufstieg der Etrusker zur Seemacht

700 –

600 –

600 Blütezeit der Bronzekunst der Etrusker im orientalischen Stil

570 Amasis wird ägyptischer Pharao

555 Anfang des Buches „**Auf Bärenspuren**"

551 Ende des Buches „**Auf Bärenspuren**"

550 Koalition der Etrusker mit Karthago gegen Griechenland

540 Sieg der Etrusker zur See gegen die Griechen bei Alalia

524 etruskische Niederlage bei Kyme gegen die Griechen

500 –

500 Blüte der etruskischen Stadt Capua

400 –

387 die Kelten fallen in Rom ein

300 –

218 der karthagische Feldherr Hannibal überquert die Alpen

200 –

100 –

73 Flucht von Spartacus aus der Gladiatorenschule in Capua

71 Tod von Spartacus und Ende des Sklavenaufstandes

55 Expedition Caesars nach Britannien

44, 15. März, Kaiser Caesar wird in Rom ermordet

0 –

0 Anfang des Buches „**Die Rache der Barbarin**"

9 Niederlage des Feldherrn Varus gegen die Cherusker unter Arminius

10 Ende des Buches „**Die Rache der Barbarin**"

34 Anfang des Buches „**Das Schwert des Gladiators**"

43 Beginn der Eroberung Südbritanniens

50 Colonia (heute Köln) wird zur Stadt erhoben

54 Nero wird römischer Kaiser

54 Anfang des Buches „**Die römische Münze**"

56 Ende des Buches „**Das Schwert des Gladiators**"

57 Anfang des Buches „**Die Tochter aus dem Wald**"

58 große Teile der Stadt Colonia brennen nieder

64 Brand Roms und daraufhin erste Christenverfolgung

68 Anfang des Buches „**Im Schatten des Feuerberges**"

68 Aufstände in Gallien und Spanien

68 Selbstmord Kaiser Neros

68 die Bataver, ein germanischer Stamm, erheben sich und belagern Colonia

69, im Herbst, erneuter Aufstand der Bataver gegen die römische Herrschaft in Niedergermanien

70, im Herbst, Niederschlagung des Bataveraufstandes

70 die Stadt Colonia erhält eine acht Meter hohe Stadtmauer

75 Ende des Buches „**Die römische Münze**"

75 Ende des Buches „**Die Tochter aus dem Wald**"

79, Herbst, Ausbruch des Vesuvs und Untergang Pompejis und Herculaneums

80 Einweihung des Kolosseums in Rom

85 wird Colonia die Hauptstadt der römischen Provinz Germania inferior

85 Ende des Buches „**Im Schatten des Feuerberges**"

98 Trajan wird römischer Kaiser

100 –

161 Marc Aurel wird römischer Kaiser

200 –

300 –

306 Konstantin der Große wird römischer Kaiser

324 Konstantin bekennt sich zum Christentum und macht diese zur Staatsreligion

375 die Hunnen unterwerfen die Alanen und die Goten oder vertreiben diese aus ihren Siedlungsräumen

376 Anfang des Buches „**Sturm über den Stämmen**"

376 Flucht der Donaugoten vor den Hunnen und teilweise Aufnahme der Goten in das römische Reich

384 Ende des Buches „**Sturm über den Stämmen**"

400 –

406 Rheinübergang der Vandalen und Einfall in das römische Reich

407 die Vandalen und andere germanische Stämme ziehen plündernd durch Gallien

409 Weiterzug der Vandalen und Alanen nach Spanien

410, Ende August, Eroberung Roms durch die Westgoten

429 die Vandalen und Alanen setzen unter Geiserich von Spanien nach Afrika über

439 die Stadt Karthago fällt an die Vandalen

451 Feldzug des Hunnen Attila nach Gallien

452 die Hunnen fallen in Italien ein, ziehen sich aber bald wieder zurück

453 nach Attilas Tod zerbricht das Hunnenreich

455 Plünderung Roms durch die Vandalen unter Geiserich

500 –

700 –

764 Anfang des Buches **„In den finsteren Wäldern Sachsens"**

772, im Sommer, Zerstörung der Irminsul

772 Anfang der Sachsenkriege Karls des Großen

782 Blutgericht von Verden (Aller)

783, im Sommer, Gefechte mit Beteiligung sächsischer Frauen

785 Taufe Widukinds in der Königspfalz Attigny

787 die ersten Überfälle der Nordmänner auf Westeuropa finden statt

790 Überfälle der Nordmänner auf Schottland und Irland

792 letzte größere Erhebungen der Sachsen gegen die Franken

792 Zwangsdeportationen der Sachsen und Neuvergabe von sächsischem Land an fränkische Siedler

793 Überfall und Plünderung des Klosters Lindisfarne durch Nordmänner

795 Überfall von Wikingern auf das Kloster Iona in Irland

799 Beginn der Wikingerüberfälle auf das Frankenreich

796 Karls Belehrung durch seinen Berater Alkuin

797 mit dem Capitulare Saxonicum wurden die Sondergesetze gegen die Sachsen gelockert

800 –

800 Kaiserkrönung Karls des Großen

800 König Godfred von Dänemark gerät im kriegerische Konflikte mit Karl dem Großen

800 erste nordische Siedler treffen auf den Färöern und auf Island ein

800 unzählige Angriffe der Nordmänner auf die sächsischen Küsten

802 das sächsische Volksrecht (Lex Saxonum) wird verabschiedet

802 Ende des Buches „**In den finsteren Wäldern Sachsens**"

804 Ende der Sachsenkriege

805 Anfang des Buches „**Westwärts auf Drachenbooten**"

810 dänische Wikinger greifen wiederholt die friesische Küste an

814 Tod Karls des Großen

825 Ende des Buches „**Westwärts auf Drachenbooten**"

840 erste Überwinterung der Wikinger im Frankenreich

840 norwegische Nordmänner überfallen Irland und gründen Dublin

844 Überfälle der Nordmänner auf Spanien

845 Plünderungen von Hamburg und Paris durch die Wikinger

858 schwedische Wikinger gründen Kiew

889 Wanzleben wird erstmals als Haufendorf erwähnt

900 –

913 Herzog Heinrich von Sachsen stellt ein ungarisches Heer bei Merseburg

926 Heinrich handelt mit den Ungarn einen zehnjährigen Waffenstillstand für Sachsen aus

937 Otto I. der Große, gründete das St.-Mauritius-Kloster in Magdeburg

938 die Ungarn ziehen erneut gegen die Sachsen

952 Anfang des Buches „**Der Gefolgsmann des Königs**"

955, 10. August, Schlacht gegen die Ungarn auf dem Lechfeld bei Augsburg

955 Otto beginnt einen großen Neubau des Doms zu Magdeburg

962, 2. Februar, Krönung Ottos zum Kaiser

968 Beginn des Baues der Burg Wanzleben

980 Ende des Buches „**Der Gefolgsmann des Königs**"

1000 –

1100 –

1142 Heinrich der Löwe wird Herzog von Sachsen

1143 Gründung Lübecks, der ersten deutschen Ostseestadt

1147 Anfang des Buches „**Im Zeichen des Löwen**"

1147 Wendenkreuzzug, dauert als Kreuzzug drei Monate

1152 Königskrönung von Friedrich Barbarossa in Aachen

1155 Kaiserkrönung Friedrich Barbarossas in Rom

1156 Besiedlungszug in Lommatzsch

1157 Gründung des deutschen Kaufmannsbundes

1159 Wiederaufbau Lübecks

1160 Anfang des Buches „**Kaperfahrt gegen die Hanse**"

1160 der slawische Burgwall Dobin, liegt am Schweriner See, wird zerstört

1160 Lübeck erhält das Soester Stadtrecht

1160 Gründung der Kaufmannshanse

1161 Vermittlung eines Handelsprivilegs an die Stadt Lübeck durch Heinrich den Löwen

1161 Gründung der Gotländischen Genossenschaft, als Vorstufe der Hanse

1162 Kloster Altzella, bei Nossen, wird gegründet

1163 Ende des Buches „**Im Zeichen des Löwen**"

1180 Heinrich verliert das Herzogtum Sachsen

1200 –

1200 Gründung des Petershofes in Novgorod als Außenstelle der Hanse

1200 Ende des Buches „**Kaperfahrt gegen die Hanse**"

1210 Anfang des Buches „**Die Sklavin des Sarazenen**"

1212 Kinderkreuzzug mit Ziel Jerusalem

1212 Friedrich II. wird König

1217 Beginn des fünften Kreuzzuges, Kreuzzug nach Damiette in Ägypten

1220 Ende des Buches „**Die Sklavin des Sarazenen**"

1221 Ende des Kreuzzuges von Damiette in Ägypten

1250 Anfang der Blütezeit der Städtehanse

1300 –

1307, 13. Oktober, Zerschlagung des Templerordens und Verhaftung aller Templer

1315 Beginn einer Hungersnot, die als „Der große Hunger" in zwei Jahren mit sintflutartigen Regenfällen, sehr kalten Wintern und vielen Überschwemmungen Millionen Menschen in Europa dahinrafft

1321 Anfang des Buches **„Frauenwege und Hexenpfade"**

1337 der hundertjährige Krieg zwischen England und Frankreich beginnt

1337 Ende des Buches **„Frauenwege und Hexenpfade"**

1340 der englische König Eduard III. fällt mit seinem Heer in Frankreich ein

1342, im Juli, das Magdalenenhochwasser, eine verheerende Überschwemmungskatastrophe, lässt in Mitteleuropa zahlreiche Flüsse über die Ufer treten

1346 in der Schlacht von Crécy schlagen 8.000 englische Langbogenschützen die verbündeten europäischen und französischen Ritter vernichtend

1347 die Beulenpest erreicht die europäischen Häfen am Mittelmeer und breitete sich schnell überall aus

1348, 7. April, Gründung der Karls-Universität in Prag, der ersten mitteleuropäischen Universität

1349, 10. Januar, die Wormser Gemeinde der Juden wird blutig ausgelöscht

1349, 1. März, Pogrom gegen die Juden in Speyer

1349 Anfang des Buches **„Der schwarze Tod"**

1349, 24. Juli, in der Frankfurter „Judenschlacht" sterben fast alle Juden in Frankfurt am Main

1349, 23. August, Die Juden von Mainz erheben sich gegen ihre Verfolger. Der Aufstand wird blutig niedergeschlagen und das Stadtviertel brennt ab. Zahlreiche Menschen kommen dabei ums Leben

1350 Ende des Buches **„Der schwarze Tod"**

1353 Giovanni Boccaccio schreibt sein Decamerone

1356 mit der goldenen Bulle wird erstmalig festgeschrieben, dass der deutsche König durch Mehrheitswahl von sieben Kurfürsten bestimmt wird

1400 –

1431, 30. Mai, Jeanne d'Arc, die Jungfrau von Orléans, stirbt in Rouen auf dem Scheiterhaufen

1440 Johannes Gutenberg erfindet den Buchdruck mit beweglichen Lettern

1452, 15. April, Leonardo da Vinci wird in Anchiano bei Vinci geboren

1479 Anfang des Buches **„Nur ein Hexenleben...“**

1482 Johann Tetzel beginnt sein Theologiestudium in Leipzig

1486 der Dominikaner Heinrich Kramer veröffentlicht sein Traktat „Der Hexenhammer“, lateinisch „Malleus Maleficarum“

1487 Ende des Buches **„Nur ein Hexenleben...“**

1487 Anfang des Buches **„Rosen hinter Burgmauern“**

1492 Christoph Kolumbus erreicht die großen Antillen und entdeckt damit Amerika

1498 Vasco da Gama erreicht an Bord seiner Nau auf dem Seeweg um Afrika herum Indien

1500 –

1504 Johann Tetzel beginnt seine Tätigkeit im Ablasshandel

1509 Ende des Buches **„Rosen hinter Burgmauern“**

1517 Anfang des Buches **„Die Bruderschaft des Regenbogens“**

1517, 31. Oktober, Luther verkündet seine Thesen in Wittenberg

1518 Müntzer und Luther sind in Wittenberg

1520 Müntzer predigt in Zwickau

1522 das „Neue Testament“ erscheint auf Deutsch

1523, zu Ostern, Katharina von Boras Flucht aus dem Kloster

1524 Bauern- und Handwerkeraufstände in Sachsen

1525, 15. Mai, Schlacht bei Bad Frankenhausen

1525, 27. Mai, Müntzer wird in Mühlhausen enthauptet

1525, 27. Juni, Heirat Luthers mit Katharina von Bora

1525, im Dezember, Kloster Buch wird geschlossen

1526 Niederschlagung der letzten Bauernaufstände

1527 Ende des Buches „**Die Bruderschaft des Regenbogens**"

1530 Reichstag zu Augsburg beschließt die Duldung des evangelischen Glaubens

1534 die gesamte Bibel ist nun auf Deutsch lesbar

1600 –

1612 Anfang des Buches „**Im Feuersturm**"

1617, 13. September, ein Stadtbrand verwüstet weite Teile Tangermündes

1618, 23. Mai, Fenstersturz zu Prag

1618 Anfang des dreißigjährigen Krieges

1619, 22. März, Grete Minde stirbt in Tangermünde auf dem Scheiterhaufen

1619 Ende des Buches „**Im Feuersturm**"

1620, 08. November, Schlacht am Weißen Berg bei Prag

1630 Anfang des Buches „**Im Schein der Hexenfeuer**"

1631 Eintritt Sachsens in den dreißigjährigen Krieg

1631, 10. Mai, Verwüstung der Stadt Magdeburg durch kaiserliche Truppen

1631 Anfang des Buches „**Die Räubermühle**"

1632 die Pest wütet in Sachsen

1632, 16. November, Schlacht bei Lützen

1634, 25. Februar, Albrecht von Wallenstein wird in Eger ermordet

1634 Ende des Buches „**Die Räubermühle**"

1639 schwedische Truppen brennen Dresden teilweise nieder

1641 nochmalige Zerstörung Dresdens durch die Schweden

1648 der „Westfälischer Friede" wird geschlossen

1648, 24. Oktober, Ende des dreißigjährigen Krieges

1650 Ende des Buches „**Im Schein der Hexenfeuer**"

1683, 3. Mai, die osmanische Armee erreicht Belgrad

1683, 9. Juli, Anfang des Buches **„Ein Sommer unter der Mondsichel"**

1683, 14. Juli, die Osmanen beginnen die Belagerung Wiens

1683, 12. September, Schlacht am Kahlenberg und Sieg der kaiserlichen Truppen über die Osmanen

1683, 12. September, Befreiung Wiens

1683, 1. November, Ende des Buches **„Ein Sommer unter der Mondsichel"**

1694 Friedrich August I. wird unerwartet neuer Herzog und Kurfürst von Sachsen

1697, 15. September, Friedrich August I. wird in Krakau zum polnischen König gekrönt

1700 –

1710 Anfang des Buches **„Anna und der Kurfürst"**

1712 Thomas Newcomen konstruiert die erste verwendbare Dampfmaschine

1715 Ende der „Kleinen Eiszeit", einer Periode relativ kühlen Klimas, mit besonders kalten Zeitabschnitten seit 1675

1715 Ende des Buches **„Anna und der Kurfürst"**

1756 bis 1763 der Siebenjährige Krieg tobt in Mitteleuropa

1776 Gründung der Vereinigten Staaten von Amerika mit der Unabhängigkeitserklärung

1789, 14. Juli, Beginn der französischen Revolution in Paris

1793 Beginn des Interventionskriegs gegen Napoleon, an dem auch Sachsen teilnahm

1794 die Gesellen streiken in Dresden

1796 der Interventionskrieg endet mit einer Niederlage für die preußischen, österreichischen und sächsischen Verbündeten

1800 –

1800 Anfang des Buches **„Der russische Dolch"**

1806 Preußen und Russland verbünden sich gegen Napoleon. Sachsen schließt sich ihnen an

1806 Krieg der Verbündeten gegen Napoleon

1806, 14. Oktober, Schlacht bei Jena und Auerstedt, die Verbündeten werden von Napoleon vernichtend geschlagen

1806, 20. Dezember, das Kurfürstentum Sachsen tritt dem Rheinbund bei und wird durch Napoleon zum Königreich

1812 von Sachsen aus beginnt der Feldzug gegen Russland. Sachsen ist mit 21.000 Mann daran beteiligt

1812, 23. Juni, Napoleon überquert mit seinem Heer die Mehmel

1812, 17. August, Schlacht um Smolensk

1812, 7. September, Schlacht von Borodino

1812, 14. September, Napoleon rückt in Moskau ein

1812, 13. Oktober, Napoleon beschließt den Rückzug

1812, 3. November, Schlacht bei Wjasma.

1812, 26. bis 28. November, Schlacht an der Beresina

1812, 14. Dezember, Kaiser Napoleon macht, seinen Truppen auf dem Rückzug aus Russland vorauseilend, in Dresden Station

1813, 2. Mai, Schlacht bei Großgörschen, Sieg Napoleons gegen Russen und Preußen

1813, 20. und 21. Mai, Schlacht bei Bautzen, weiterer Sieg Napoleons gegen Russen und Preußen

1813, 26. und 27. August, Schlacht bei Dresden, Napoleon errang seinen letzten Sieg auf deutschem Boden

1813, 16. bis 19. Oktober, Die Völkerschlacht bei Leipzig brachte Napoleon eine verheerende Niederlage. Die sächsischen Truppen liefen zu den russischen und preußischen Truppen über

1813, 11. November, die belagerte Festungsstadt Dresden kapituliert

1815, 18. Juni, Schlacht bei Waterloo

1815 Ende des Buches **„Der russische Dolch"**

1825 die Gesellschaft „Stockton and Darlington Railway" eröffnet die erste öffentliche Eisenbahnstrecke in England

1835, im Dezember, Eröffnung der Eisenbahnstrecke Nürnberg - Fürth

1839, 7. April, Fertigstellung der ersten sächsischen Eisenbahnstrecke von Leipzig nach Dresden

1847 Anfang der Buches „**Eine sächsische Revolution**"

1848, 21. Februar, Karl Marx und Friedrich Engels veröffentlichen das Manifest der Kommunistischen Partei

1848, 22. bis 24. Februar, Februarrevolution in Frankreich

1848, 18. März, Berliner Barrikadenaufstand

1848, 31. März bis 3. April, das Frankfurter Vorparlament tritt zusammen

1848, 24. März, Beginn der Erhebung in Schleswig-Holstein

1848, 18. Mai, die deutsche Nationalversammlung tritt in der Frankfurter Paulskirche zusammen

1849, 28. März, Verabschiedung der Paulskirchenverfassung

1849, 3. bis 9. Mai, Dresdner Maiaufstand

1849, 30. Mai, Ende der Frankfurter Nationalversammlung

1849, 30. Juni, Beginn der Belagerung von Rastatt

1849, 18. Juli, Ende der Buches „**Eine sächsische Revolution**"

1849, 23. Juli, die Festung Rastatt fällt und damit Endet die Revolution

1852, 8. Mai, Ende der Schleswig - Holsteinischen Erhebung

1900 –

1939, 01. September, Angriff der Wehrmacht auf Polen

1939, 01. September, Anfang des Buches „**Liebe in stürmischen Zeiten**"

1939, 03. September, Frankreich und das Vereinigte Königreich erklären Deutschland den Krieg

1940, 10. Mai, Der Angriff deutscher Verbände auf die Niederlande beginnt

1940, 24. Juni, französischer Waffenstillstand wird unterzeichnet

1941, 22. Juni, deutscher Überfall auf die Sowjetunion

1942, 23. August, Beginn des Kampfes um Stalingrad

1943, 02. Februar, Ende des Kampfes um Stalingrad

1943, 05. bis 16. Juli, Schlacht am Kursker Bogen

1945, 13. bis 15. Februar, schwere Luftangriffe auf Dresden

1945, 7. Mai, bedingungslose Kapitulation aller deutschen Truppen

1949, 23. Mai, Gründung der BRD

1949, 07. Oktober, Gründung der DDR

1953, 17. Juni, Volksaufstand und Streiks in der DDR

1954 Ende des Buches **„Liebe in stürmischen Zeiten"**

2000 –

Von Uwe Goeritz ebenfalls beim Verlag BoD erschienen (BoD – Books on Demand, Norderstedt, nähere Informationen finden Sie unter www.BoD.de)

„Schicha und der Clan des Bären", die ISBN lautet 978-3-7386-0262-3
108 Seiten für 7,90 Euro

„In den finsteren Wäldern Sachsens", die ISBN lautet 978-3-7357-7982-3
108 Seiten für 7,90 Euro

„Der Gefolgsmann des Königs", die ISBN lautet: 978-3-7357-2281-2
116 Seiten für 7,90 Euro

„Im Zeichen des Löwen", die ISBN lautet: 978-3-7347-5911-6
116 Seiten für 7,90 Euro

„Kaperfahrt gegen die Hanse", die ISBN lautet: 978-3-7386-2392-5
108 Seiten für 7,90 Euro

„Die Bruderschaft des Regenbogens", die ISBN lautet: 978-3-7386-5136-2
112 Seiten für 7,90 Euro

„Im Schein der Hexenfeuer", die ISBN lautet: 978-3-7347-7925-1
112 Seiten für 7,90 Euro

„Die Räubermühle", die ISBN lautet: 978-3-8482-0893-7
112 Seiten für 7,90 Euro

„Der russische Dolch", die ISBN lautet: 978-3-7412-3828-4
116 Seiten für 7,90 Euro

„Das Schwert des Gladiators", die ISBN lautet: 978-3-7412-9042-8
116 Seiten für 7,90 Euro

„Frauenwege und Hexenpfade", die ISBN lautet: 978-3-7448-3364-6
116 Seiten für 7,90 Euro

„Die Sklavin des Sarazenen", die ISBN lautet: 978-3-7448-5151-0
308 Seiten für 9,90 Euro

„Die Tochter aus dem Wald", die ISBN lautet: 978-3-7448-9330-5
116 Seiten für 7,90 Euro

„Anna und der Kurfürst", die ISBN lautet: 978-3-7448-8200-2
312 Seiten für 9,90 Euro

„Westwärts auf Drachenbooten", die ISBN lautet: 978-3-7460-7871-7
120 Seiten für 7,90 Euro

„Nur ein Hexenleben ..", die ISBN lautet: 978-3-7460-7399-6
312 Seiten für 9,90 Euro

„Sturm über den Stämmen", die ISBN lautet: 978-3-7528-7710-6
124 Seiten für 7,90 Euro

„Die Rache der Barbarin", die ISBN lautet: 978-3-7528-4103-9
128 Seiten für 7,90 Euro

„Im Feuersturm – Grete Minde", die ISBN lautet: 978-3-7481-2078-0
312 Seiten für 9,90 Euro

„Rosen hinter Burgmauern", die ISBN lautet: 978-3-7347-0321-8
312 Seiten für 9,90 Euro

„Auf Bärenspuren", die ISBN lautet: 978-3-7412-9116-6
316 Seiten für 9,90 Euro

„Im Schatten des Feuerberges", die ISBN lautet: 978-3-7481-3800-6
120 Seiten für 7,90 Euro

„Ein Sommer unter der Mondsichel - Wien, im Jahre 1683",
die ISBN lautet: 978-3-7494-5288-0
328 Seiten für 9,90 Euro

„Der schwarze Tod - Mainz, im Jahre 1349",
die ISBN lautet: 978-3-7494-7180-5
336 Seiten für 9,90 Euro

„Eine sächsische Revolution", die ISBN lautet: 978-3-7528-8679-5
336 Seiten für 9,90 Euro

Aktuelle Informationen und Neuerscheinungen finden sie immer im Internet unter:

www.Goeritz-Netz.de